U0907642

母城之光

钟志芳 主编

江苏凤凰文艺出版社
JIANGSU PHOENIX LITERATURE AND
ART PUBLISHING

《母城之光》编辑委员会

目 录

第一卷 解放碑和它的“门”

第二卷 十八梯和它的“路”

第一卷

解放碑和它的『门』

高光的解放碑

蒋春光

一

重庆的母城是两江环抱的渝中半岛，渝中半岛的中心，是解放碑。

娟秀的嘉陵江，江水清碧，它来自北方，散发着川北丘陵的青草气息；宽阔的长江，水色褐黄，它来自西部，裹挟着青藏高原的各色泥土。这两条气质完全不同，但同样创造了华夏灿烂农耕文明的著名河流，在渝中半岛的朝天门汇合后，清浊一体，奔流向东。

两江的氤氲之气，造就了渝中半岛的迷离繁华。解放碑，是这繁华中的高光部分。

二

多年以来，解放碑在重庆的地位无与伦比。它是重庆高楼最密集的地方。它是重庆超级商店最集中的地方。它有中国几乎全部的银行。它有众多声名显赫的五星级酒店。它有重庆最大的书城。它有最现代化的影院和剧院。它有号称西部第一街的步行街。最厉害的一条，是它有全重庆，乃至全中国占比最高的美女。人到了重庆，到解放碑走一趟，回去说，我到过重庆。拿出人民解放纪念碑前的照片为证：标准站姿后面，有碑，还有一个刚好路过的美女的侧影。绝对没人会反驳你，他们会说，对，你是真到过重庆的。到重庆，如果没到过解放碑，就是去过一百回，有什么用？你敢对人说你到过重庆吗？

三

20 世纪 80 年代初，我和我儿子的妈妈认识的时候，我很青涩，她很美好。那时，我们在山区。当我们决定结婚的时候，有一天，她说，要带我回家见见家长。于是我跟她坐汽车往一百公里外的重庆走。我知道她是重庆人，但具体是重庆什么地方的人，她没有说。我也不问。她是哪里的人，有什么关系？她爱我，在我身边，就一切都好。但她显然不这么认为。她把她家的住址作为一个秘密，藏着，等到时机成熟，才像抖包袱一样抖出来，让我小吃一惊。长途汽车在一个楼内的坝子停下，我一副无所谓的样子，下车跟着她走，一路东张西望。她没有多的话，只是叫我跟紧点，别走丢了。我笑她，我又不是三岁小孩，怎么会走丢呢？她笑，不说话。我明显地看出她的激动，双瞳明亮。这是即将揭开秘密前的兴奋。几分钟后，我们路过一个街心的转盘。汽车往来，人流如织。转盘的正中，立着一碑，上书：人民解放纪念碑。她指着碑，郑重其事地对我说，这是解放碑。我点点头，表示知道了。她对我的反应显然不满意，又加重语气，重复一遍：这就是解放碑。解放碑，你知道吗？我说知道啊，重庆的解放碑嘛，都知道。她这才笑了一下，示意我继续跟她走。走了大约一百米的样子，她进了一家临街的木头老房子，装作很平静的样子，说一声，到了。屋里的几个人同时抬起头来——后来，这些人分别成了我的岳母，我儿子的舅、舅妈、姨和姨父。

那时我才明白，解放碑，是未婚妻送给我的一个重大礼物啊。

多年以后，我和我儿子的妈妈，成了解放碑的常住居民。对她而言，是回家了，对我而言，是进城了。然而，解放碑变化真快。对这个变化多端的解放碑，我心情复杂。坦率地说，我喜欢原来的解放碑——喜欢那个木头老房子；喜欢老房子对面的吴抄手，喜欢沙利文西餐厅，陆稿荐，颐之时，解放碑餐厅；喜欢建设公寓，留真照相馆，华华公司，三八商店，群林市场，新华书店，美术公司；喜欢解放军剧院，劳动电影院，和平电影院，艺术电影院，实验剧场，歌剧院……现在，这些我喜欢的老标记所剩无几，只有那块纪念碑，还在原地稳稳地立着。纪念碑的好处在于，所有的老建筑都消失之后，纪念碑仍然立着。它是一根打入地心的楔子，顽强地提醒人们，这里有过的一切；它的每个碑面，都呈现着历史激动人心的光辉。

四

20世纪三四十年代，解放碑地区（那时叫都邮街），行走着郭沫若、夏衍、阳翰笙、曹禺、老舍、陈白尘、白杨、吴茵、张瑞芳、石羽、秦怡等人。这些人，有的着长衫，有的穿西服，有的套旗袍，组成了当时中国最豪华的文化团队，风华绝代。他们在一个名叫国泰戏院的地方聚首，上演一些话剧。这些话剧是郭沫若的《屈原》、曹禺的《蜕变》、夏衍的《法西斯细菌》、陈白尘的《结婚进行曲》、吴祖光的《凤凰城》、宋之的的《雾重庆》、阳翰笙的《天国春秋》、于伶的《长夜行》、老舍的《面子问题》、顾毓琇的《岳飞》。这些人和这些剧，在抗战最艰苦的年代里，曾让陪都重庆万人空巷。警报中的演出，乱世里的盛事，造就了解放碑地区最辉煌的文化史。时至当代，当年霓虹灯下的国泰戏院，已变身为一座红色的现代建筑。演出仍在进行，只是再无当年的超豪华阵容，也再没有万人空巷。不过，它仍然是解放碑地区最醒目的文化地标。

相对于地标似的国泰戏院，解放碑的另一处文化场所——精典书店，就要低调得多了。如果说国泰戏院是开满红色花朵的一棵大树，傲然生长于解放碑地区的灰色楼群中，那么，精典书店，就是一根嵌入地下的毛细血管丰富的管道，不但为本地区，而且为整个重庆提供精神营养。在精典书店清凉的地下书馆里，白天与晚上，都有一些人在安静地阅读，那些随意码放的书籍所呈现出的广阔世界，似乎比地面正在进行着的生活更能吸引他们。地面有神情匆忙的行走者，地下有气定神闲的阅读者，这正是解放碑的真实世界。但我固执地认为，每一个在解放碑地面匆忙行走的人，都有必要在某个下午或者夜晚，把朝前的目光收至脚下，你会在街边发现一个小小的入口，这个入口通往地下，也通往你的心灵。你在日常生活中，多半忘记了这个心灵的存在，但在这个入口之下，你会发现它一直在你身体的某个地方沉睡着，而在这里，它会悄然醒来，像春天的植物一样，摇曳多姿。一两小时以后，等你再从这里走回地面，你又会发现，外面的世界与先前有了一些不同，你观察和发现了以前忽略掉的许多生活细节，这些细节是那么有意思，不断引发你的思考和联想，有的还和你生活中的黑暗困境相遇，阳光一样照亮它们。

五

解放碑是可以进来和出去的地方，也就是说，解放碑要么是你的目的地，要么是你的出发点。你可以把它理解为家，进去出来，悉听尊便；也可以理解为心中向往之地，需要专程前往。这全看个人的感受，但不管怎样，解放碑都是不可小觑的。

有多个方向可以进入解放碑。大致而言，南面从中兴路，北面从北区路，东边从新华路，西边从和平路。现在有了地铁和轻轨，一号线二号线，来路和去路，就更多了。每天早晨，来自各个方向的人流涌入解放碑；每天傍晚，又从各个方向涌出。但就算是最寒冷的冬夜，全重庆城都安静下来之后，也有人在解放碑温暖的灯光下行走。

那个有刘伯承题字的“人民解放纪念碑”立在最中央。八面，白色，上置时钟，方向牌，风标。此碑以前叫精神堡垒，后来也曾叫抗战胜利纪功碑。它记录了 20 世纪 40 年代中国的动荡历史。在和平年代里，它沉寂了下来，成为游人照相的背景，和一台报时的机器。

解放碑以前很高，现在周围全是高楼，它就显得不那么高了，但它永远都是这个地方最尊贵的王者。

一个地方，成为目的地和出发点，相较于那些过路的地方，总有自己的道理。

解放碑的道理在那些林立的高楼里。很少有地方，有这么密集的高楼。高楼的房间数不胜数，这些房间里，每天都在发生什么样的故事？这是一个让我十分着迷的问题。成千上万涌进解放碑的人，大多数都进了这些房间，在里面待上一整天。这些房间没有轰鸣的机器，更没有长庄稼的土地；这些房间窗明几净，冬暖夏凉。房间里的人衣着整洁，形容姣好，他们在电脑前移动鼠标，打电话，发传真，制表格，做文案，开大大小小的会，天天如是。你想想，差不多解放碑每个房间的人都在干着这样的事，如果这些房间是通透的，我们一定会看到好莱坞电影里的城市奇观，那种井然有序的忙碌和不动声色的紧张，让这个弹丸之地充满了神秘色彩。各种各样的故事随时都在发生和发展，高潮连连。故事里，巨量的财富在快乐或者悲伤地游走，个人情感也随之而起伏跌宕。机构，成功人士，创业者，冒险家，骗子，拜金主义者，精神至上者，甚至失恋的人，都能在解放碑找到自己的位置，都会成为故事的主角。他们的梦想，像眼下解放碑建筑工地的尘土一样，在城市上空四处飞扬。

六

一个初夏的晚上，我行走在与渝中半岛一江之隔的南滨路上。一轮弯月挂在左侧的天空。弯月之下，是解放碑地区密集的楼群。楼群是由各色灯光勾勒出来的，每一栋楼都有自己独特的光泽。灯光运动着，在自己的楼宇跑上跑下，欢乐无比的样子——就是在这一刻，我发现了现代城市之美。

白天的解放碑是灰色的。整个城市在白天都是灰色的。墙体是灰色的，笼罩在城市上空的雾霭，也是灰色的。阳光艰难地透过这些雾霭，照在解放碑的地面上，已经丢失了金色的明亮，也变成了灰色的。

只有夜晚，解放碑的美丽才真正显露出来。感觉是，楼群这样的人类建筑，与自然光线其实并不相宜，阳光和月光，不能像照亮原野一样，照亮它们。能够照亮它们的，是灯光。

灯光下的解放碑是一个童话。每一栋楼都是一个灿烂的城堡，里面上演着公主与王子的华丽故事。那些像群星和瀑布一样的灯光，是童话里的小精灵。童话之上，是安静的一弯新月，童话之下，是长江和嘉陵江若隐若现的波光，这时你会觉得这个城市是多么美丽而神奇。

童话里最耀眼的城堡，是与我家一路之隔的英利国际大厦。它闪着宝石一样的荧光。很远很远的地方，都能看到它。它是生长在解放碑的一块翡翠吗？哪怕是在最漆黑的夜晚，我也完全可以靠着这块翡翠的指引，回到我的家。

每年 12 月 24 日，解放碑都有一个全重庆最隆重的夜晚——平安夜。

那一晚，解放碑地区的街道全站满了人，总有十万之众吧，大都是一些处于青春期的男男女女，仿佛全重庆的少男少女们都到解放碑来了。警察们在这一天分外紧张，事先要发通告，傍晚时分，则在各重要入口齐齐站成人墙，维持秩序。而年轻人们来到这里，仅仅是为了听纪念碑凌晨的钟声。在此之前，他们嬉戏追逐，往所有人身上喷雪花。钟声响起之后，又尽情欢呼，声震屋瓦。一个西方的节日，在重庆，成为青年人狂欢的理由，甚至连有几千年传统的春节也不能与之抗衡，想起来未免奇怪。

七

重庆向北。

这些年，嘉陵江以北迅猛发展，政府机关，金融机构，高档楼盘，国际酒店，大型商店都在那里生根，大有取代解放碑中心地位之势。而解放碑，此时则到处挖坑修房，成为一个巨大的建筑工地和噪声集合地。当初江北是工地的时候，解放碑风平浪静，享受着老大的尊荣；现在江北脱胎换骨，青春貌美，解放碑才忽然醒来，开始拆旧筑新。

现在，我们正在忍受这个痛苦的过程。解放碑未来的样子，还在图纸和模型上，一个繁华美丽而又清洁安静的解放碑，回到我们身边，还得等多少年？而那个时候，江北又是一副什么模样？尤其是面对那个一江之隔的江北嘴，重庆今后的金融中心——现代，时尚，空阔，绿草如茵，清风拂面，解放碑又将何以自处呢？

有很多问题，需要老牌的、声名显赫的、中心的解放碑来面对。就像一个贵族，有数不清的过往的荣耀，但怎样过好当下的生活，永远都是最重要的。

解放碑的钟声

张华

我是在解放碑的钟声里长大的。

我刚刚落生时，家居金汤街背后打枪坝。打枪坝稍嫌偏僻，但却独处高坡。解放碑钟声一响，便迅速传入院坝家门。我在摇篮拍手撒欢，那钟声便是我的摇篮曲；我在院坝蹒跚学步，那钟声就是我的进行曲。

转眼我成了小小读书郎，天天背起书包上学堂。那时节，我父母腕上无须戴表，家里旮旯角落无须有钟，解放碑天天有钟声，时时有钟声，足矣。

清晨，从解放碑那高高的碑顶上，有“铛铛”七响传来，我便揉着睡眼翻身起床，匆匆洗洗脸刷刷牙，三两口刨完一碗开水饭，便急急往学校赶。黄昏，又有“铛铛”五响传来，课桌前呆坐的我好不轻松愉快。果然，漂亮的女老师宣布放学了，我赶紧收拾好书包，一路小跑赶回家。入夜，伏案作业，当解放碑的钟声告知此刻正十点，我便合上作业本关上文具盒，洗脸洗脚洗屁股，眨眼之间安然入梦乡。

人吃五谷杂粮，尚且难保无病，粒米滴水不进的解放碑的钟，自然更有因病而装聋卖哑的时候。钟声一旦哑默，便弄得我云天雾地。一觉睡到大天亮，赶到学校已迟到。回家作业到深夜，又津津有味地翻开了小人书《半夜鸡叫》，翻着翻着就眯上了眼，这一睡，又睡到日上三竿不觉晓。

直至有一天凌晨，我与同学们你挤我拥于大篷车，随寒风呼呼驶过解放碑驶向朝天门。身后，解放碑的钟声发出“铛铛”七响，真巧，又值钟声催我上学时。只不过，今晨我们不再是走向已然关门的中学校，而是奔向广阔天地的大课堂。

解放碑的鐘聲
2019.10.

随大江东去，我在云阳县杨沙村长江边一个生产队落户扎根。

在那个劳动日仅值八分钱的生产队，全队不见有闹钟，更不见有手表。老队长旭日东升喊上坡，夕阳西下叫收工。阴天雨天也难不倒老队长，他胸中自有朝阳也有夕阳，他依旧早晨喊上坡黄昏叫收工，吆吆吼吼的时间同他在艳阳天下吆喝的时间居然差不离。

当然，作为重庆知青，准确点说，是重庆市中区（如今的渝中区）知青，因多年饱受解放碑钟声的洗礼，谁个心海深处，没有那熟悉而亲切的钟声回荡。严格说来，解放碑的钟，业已成了我们市中区崽儿的生物钟。在距重庆城山重重水迢迢的下川东，在磨盘寨下长江之滨的杨沙大队十三生产队，在我与王华东同吃同住的那套“跃层式”的居所（一高一低两间房，高间是厨房，低间功能多了去了，既是书房又是客房，既是食堂又是卧房。）。早上，隐隐听到了七响，我便起床做饭。正午，收工回家，我又似乎听到了十二响。入夜，冥冥中有“铛铛”十响由远而近，我便酣然入睡。酣睡中，我多少回欢呼雀跃回故乡，那首思乡曲边走边唱总是唱不够：“你是否怀念你的故乡，曾听见解放碑钟声响，两岸倒映水面上，入夜是一片灯光辉煌……”

终于有一天，告别云阳县，我逆水西上回故乡。船抵朝天门，恰值正午，便有十二响钟声“当当当当……”传来，解放碑钟声凯歌高奏，将我这远方游子迎候入怀。

置身此景此情，聆听此钟此声，真个是眼泪不抛不洒也实实在在无缘由。

自此，我再也没有走出过解放碑的钟声。

尽管返城后，我腕上系过上海表也换过瓦斯针，带过电子表也换过石英表，但每天早晨，我还是习惯按着解放碑的钟声起床盥漱提包出门。尽管，解放碑周围的高层建筑雨后春笋般拔地而起，新潮的高档的比解放碑的钟大了许多也美了许多的石英钟触目皆是，然而，我还是天天都按解放碑的钟声校正我的腕上表我的桌上钟。

解放碑的钟声，如若母亲，催促我长大。解放碑的钟声，如若老师，启迪我长成。解放碑的钟声，如若永不消逝的号角激励我永不停步永向前。

20 世纪 60 年代，以诗歌经典《重返杨柳村》震耀中国诗坛的重庆诗人陆棨有一首传唱久远的《望山城》（又名《山城圆舞曲》），其中，独有一段关于解放碑的热烈奏鸣曲：“我望解放碑，红旗放光辉。太阳月亮绕碑转，东风顶上吹。星光连灯火，上下闪来回。碑如火箭冲天起，载着山城朝前飞！”

解放碑不仅仅属于我。见证了中华民族傲然独立的解放碑，也见证了中华人民共和国翩然新生的解放碑，她更属于我们，属于我们重庆！

重庆市民，谁个没曾深受解放碑钟声催促、启迪与激励。

君不见，好个清早八晨重庆城，街坊邻居总在相互叮咛又叮咛：解放碑的钟声响了哟，走，我们去上班！

家住通远门

傅天琳

一

家住通远门。外出一次就会穿过门洞一次，感觉自己就像风，又穿过历史一次。其实我是个最没历史感的人，但历史就这么直观，它活生生摆在我的面前，不需要翻书，不需要刨地三尺，手一伸，我就摸到了600年前（明洪武年间）的古城墙。

这是六月，六月阳光下的通远门有硬度，有厚度，还微微有些热度，就像历史本身一样。门洞两边的巨石，是被凿开的一整块山岩，它的坚固因而不可摧毁不易风化。以天然岩石为基座，再往上砌石头，就成了城墙。数一数，最高处旧墙有23层，新墙有4层，每层约30厘米。石头的砌法为一顺两丁或一顺一丁，是砌法中最牢固的一种，称之为“捆”。哟，我怎么会说得这样专业？是我和老罗逛城墙公园时，他说的。此话与考古学无关，但我信了，因为老罗曾经在农场基建队当过石匠。

墙下不宽的花坛里麦门冬铺地，栽满杜鹃、迎春、铁树、万年青，而黄葛树的根系就从石头缝里、这里那里，胡乱钻了出来，苍劲有力，像贴在石壁上的鹰爪；它庞大的枝叶在空中就像频频打开的翅膀。

二

小孙女基本上算是在城墙上长大的。她在三岁前的时间表及路线图大致

通遠門
通遠門

如下：先到七星岗车站那块小广场跑一跑，摸一摸炒米糖开水那小女孩的头，尤其是头上的“鬏鬏”，再使劲摸碗里的蛋，恨不得掰起来吃掉。这三个蛋几乎成了所有孩子的主攻目标，没有一个不想去掰起来吃的。如今，这些铜鸡蛋已经被摸软了摸熟了，摸鸡蛋的孩子还在陆续出生，一茬接一茬。

带孩子的日子就是混，接着我们爬木梯上城墙，从第一段平地慢慢走到第四段，也就是人最多最热闹的那一段，半天时间差不多就混过去了。

可爱的明朝就这样被我和孩子的手抚摸过一百遍一千遍。

每一段平地左边的斜坡上都有青铜浮雕，雕刻着与重庆有关的人物和文字。每走一次我就要为小孙女读一次讲一次，我信奉生活是百科全书，见啥教啥，既不刻意去找，也不管她听得懂还是听不懂。她最初认识的人、大、元、庆几个字，就是刻在那上面的。我也因此知道了从 226 年三国时期起，蜀后主刘禅的大都护李严，就把新城扩筑到了通远门。

仅仅上了 18 步梯坎，历史就走过 1000 年，在蓝天竹摇曳的枝叶下我遭遇了另一场战争，那是忽必烈建元，南宋灭亡，1278 年强攻重庆，血溅通远门，我因此同时记住了宋将张珏的名字。原来，历史就是这样，一个朝代唱着颂歌安葬一个朝代。

边玩边走我们又上了 15 级台阶，历史瞬息间翻过去 300 多年。

城墙上插满英雄旗，在风中飒飒地响，与戴头盔穿铁甲执宝剑的古代将士塑像配在一起，显得威风凛凛。别在将士腰上的箭囊，露出三支箭尾，也许是孩子的手刚好够得着，也被摸得熠熠发光。城墙上的将士高举滚木雷石往下掷，奋力拉弓往下射；城墙下的将士握长矛搭云梯执弓箭往上冲。攻城的和守城的，都一样面无惧色，高大英武，气贯长虹；都一样停顿在雕塑家灵感的瞬间。过路人都说攻城的那一方是张献忠，张将军战马四蹄悬空，披风飘展如旌旗。时间与一支箭挟风裹电同时穿过匆匆行走的人群。

一个刚进城的 50 岁模样的妇女站在铜塑前，摸摸上面，又俯身看看下面，她困惑地问我：上面的和下面的，哪个是我们的？

我说：都是我们的。

她说：那就是我们打我们哟。

我说：可能是吧。

她更加困惑了，而我更加说不清楚了。阅读通远门，就是阅读重庆历史，继而阅读中国历史。难度很大，我除了对历史顶礼膜拜，就只能站在落日前沉思。

那时的城墙也许还要高一些，更具有可攻性和可守性一些，也就是说，战争更具有持久性一些。否则那张献忠率领的60万兵马也不会久攻不下，转而令士兵挖地道，最后用火药炸毁城墙，才攻陷了重庆。（史料记载，指的哪一段城墙，不清楚。门洞不是还尚好的吗？）那场战争距今已近400年，许多汗血和月光都镶嵌进石头缝里，一阵风吹来，还能听到遥远时代的鼓鸣声、厮杀声。

两门从沧白路移植来的大炮种在城墙公园最后一块平地上，应该是清朝（我猜。这里没有文字记载）用过的炮。这又是孩子们的最爱，就像游乐场最后一个项目，也是最刺激最好玩的项目。孩子们当然不知道大炮用来干什么，眼前这两门大炮又曾经保卫过什么，在他们眼里，一切都是玩具，在家里玩小玩具，出门就玩大玩具。虽然我曾许多次对小孙女讲过，大炮是打坏人的。

这一次，我又问她：妹妹，大炮是干啥子的？她回答：大炮是拿来爬的。就跟她回答屁股是拿来打的如出一辙。

对于这些刚学会爬和刚学会走的小小孩，能一寸一寸爬到大炮的顶端，简直就是英雄无敌了。每每看见这个情景，我都会从内心感叹和平年代的来之不易，并蹦出一首诗的题目：孩子与大炮。

三

好几次在城墙上，都碰见许大立、曾宪国，他们喜欢在这里喝坝坝茶，曾宪国还说，不喝这坝坝茶小说就写不出来。说起这坝坝茶的阵势，真是越来越大。尤以冬日的太阳天人最多。重庆的冬天，总是灰蒙蒙雨蒙蒙，不下雪不结冰，却阴阴地冷，鬼鬼祟祟地冷，真不知是从哪个旮旮缝缝冒出来的。常说蜀犬吠日，其实改为渝犬吠日更恰当，这一地的喝坝坝茶的人，哪一个不是为着那珍贵的冬日太阳而来？

我也有过在城墙上请朋友喝坝坝茶的经历，虽然不是青山绿水间，不是清静优雅的茶楼，那惬意、那放松、那自在，真有点神仙的感觉。满眼是人、是房子、是不多不少的绿色；不经意间抬起头来，一架飞机正从高楼的缝隙斜插而过。满耳是人声、汽笛声、说不出什么混在一起的像要把城市抬起来的轰轰声，而它就是那么好！

那么好的城市脉动城市气息城市声音！

记得《渝中报》记者赖永勤要采访我的那一天，我住的楼房电梯坏了，便相约在城墙上喝茶。不想人多得连一张椅子都没了，只好坐在地上。在遍是喝茶人的地盘，突然来了两个坐在地上不喝茶光说话的人，那样子有点不伦不类，像什么人在接头似的。好在赖永勤很会采访，事先又做了功课，我并不困难就回答了他的问题。后来，我同样在城墙上接受过晨报日报晚报的采访，早早地去占了椅子桌子，泡上茶。坐在通远门上，说着有关重庆的话题，真是再合适不过了。

说通远门不能不说金汤街，这打起仗来固若金汤的堡垒，如今城门大开，笑迎各方来客。尤以那个妇幼保健医院，生意兴隆业务火爆。好几次我在夜里 11 点路过回家，都见排着百十人长队，有人正为插队大声争吵。原来全是挂第二天不孕不育号的。现在怎么会有这么多生不出孩子的？是环境污染，还是食品不安全所致？莫非这些身强体壮、红头花色的男人女人都是自己出了问题？我真的就纳了闷了。我居住的大楼，也就衍生出新兴行业，或出租、或打造成小间病房，专供外地来的此类人士短暂居住。那些趿拖鞋、穿睡衣懒洋洋走路的人，就是怀揣希望的人。

金汤街寸土寸金的地盘精心使用，竟打造出一个小小停车场，停车场边的三棵树下还安放了五张条椅，很贴心，很温暖。那些来国税、地税，渝中区政府个别办事机构办事的车辆也有了方便。但是不够得很啊！实在找不到地儿停车的，就只好停在路边，拥堵的金汤街更加拥堵，警察贴罚单，一逮一个准。不办急事不需打的时，也见不少出租车进进出出，似乎很方便。一有急事怎么就找不着车了，急死人了，急死也白急。和重庆许多小街小巷一样，金汤街狭窄、拥挤，用接踵抵肩几个字完全不过分。许多年来我就这样习惯于小心翼翼行走。前些年去青海、去新疆、去东北，在广阔无边的青草里，情不自禁跑起来，才发觉我只会走不会跑，我的双腿早已丧失了奔跑的功能。

这期间，我供职的出版社正说要在南岸茶园修住房的问题，那一定是环境优美的小区，最适宜老年人散步，重新学习慢跑。我缴了最初该缴的钱，说明我不想放弃。但是我又不想离开金汤街、老城墙，管它灰尘也好，噪音也好，挤也好堵也好，我都喜欢。推开窗好一个车水马龙！好一个蒸蒸日上！好一个历史文化街区！这么些年来我所有的文字都是靠这些声音、这些气息滋养的。所以我很纠结，不知道到时该如何选择。

一鼎大钟用大篆体刻写出金、汤二字，这是为了纪念渝中区人民政府顺应民心，对古城墙实施拆迁、清垢、加固、整治，于2005年春正式建成通远门城墙公园而铸的。大钟很有些古朴和威严的气度，但它确实是新的。它是老城墙的一部分，甚至可看作镇墙之宝，镇住岁月飘散在空中的一切污秽之气。时间很有耐心，和通远门古城墙一起，等它慢慢变旧，再过1000年，谁又来为它考古？

常去通远门

许大立

家住七星岗，紧挨通远门，闲来无事，不经意中就把通远门老城墙一带，当成了散步练腿喝茶聚友聊天谈事读书写作的好地方。溜达久了方知这地方不简单，据称通远门老城墙的第一块巨石三国时期就垒砌上了，掐指一算，大约 1800 年。蒙元军在这儿攻过城，张献忠在这儿杀过人，更不用讲近现代通远门周遭发生的那些惊心动魄惨烈壮怀的故事了。通远门厚重的石头足可以写成一部车载马驮捧读不倦的史鉴，一本家国情怀可歌可泣的大书，一曲改朝换代吟唱千年的长歌。难怪，国家级文物保护单位的桂冠，很快就落在了通远门及硕果仅存的这段老城墙头上。在老城墙近在咫尺的地方居住，日日可在国家级文保单位上品茗怀古谈天说地，这成了我向国内外朋友文友炫耀的资本。呵呵，你们有这样的福气吗？

我是如此挚爱通远门老城墙，以至于朋友们哂笑中赐我一个“老城墙代言人”的名号。我笑纳了。你们知道，历史上有多少文人墨客达官显贵武将侠士登临此楼长吁短叹保国守城留名青史吗？放下历史，打望近现代，又有多少革命志士在此出城门而去，奔四海而报国，弃性命而长眠。说点更近的，抗战时期郭沫若先生曾在不远处的天官府办公居住，身负抗战文化重任的他，常邀约一帮文化名人如老舍、茅盾、夏衍、阳翰笙、田汉诸公，在天官府 11 号“马老太婆小牛肉馆”聚会。某次酒后兴之所至，郭老给这家小馆子取名“星临轩”并书写牌匾。其语双关，马老太婆之子名曰星临，而今文星聚集，实乃名副其实。后来“星临轩”几易地址和老板，如今移到了通远门的通远楼上成了茶楼。郭先生题写的店名还在，只不过物不是人也非，此地空余一招牌了。

近些年通远门也不乏文人雅士造访登临，著名诗人梁上泉曾在附近小区居住，偶尔会去城楼上登高望远激发灵感。誉满文坛的女诗人傅天琳，就在俯视通远门的那栋高楼里居住，一住10多年，天天带小孙女爬城楼，数台阶，骑大炮，待得孙女长大，才依依不舍弃城楼而去。人去情不舍，后来写下了长篇散文《家住通远门》，记录了这段难忘的日子。小说家曾宪国，更是把通远门当成了自己的茶坊，不论风雨，日日必至，一碗茶，一本书，打望世相，构思小说，日久天长，居然写就了长篇小说《门朝天开》。域中文坛精英新秀，应我之约请或被我“蛊惑”自行登上此楼的不计其数，有如诗人漫画家摄影师李钢，小说家兼剧作家王雨，出版人兼诗人吴向阳，诗人、评论家王明凯，诗人词家兼散文家耕夫，散文家兼文艺评论家赖永勤，更有书法家美术家文艺家美食家，等等，若市盈门。有意思的是，我的挚友、中国作协名誉委员、重庆市作协名誉主席黄济人先生曾数次电话约我登城楼一观，却因阴错阳差至今未能如愿。如此盛况，足可见通远门文脉畅达承前启后，如江河之水涌流不绝。无论我的友人来自何方，他们往往会主动要求谒访此城此楼，因为他们在我的微博微信里见多了，对之五体投地敬仰有加。

其实我对通远门的最初印象来自我的父母。抗战时期他们曾在离此百步之遥的莲花池办学，他们曾经一次次说起当年通远门内外的破败与穷困。窝棚遍地，污水横流，难民满街。通远门新生于改革开放后的20世纪90年代。蜗居于城楼上下的成百号人家响应号召纷纷搬离另寻居宅，通远门从此一改杂乱褴褛之容颜。如今的通远门老城墙，仍然威武霸气，横亘于渝中要津之上，虽周遭高楼林立，却难撼动其雄奇于分毫！你高任你高，我自独风骚；你新任你新，千年我英豪。

新楼千栋，时代巨变，掩不去历史冲不走文化，更显示出通远门的贵罠珍稀。连城之价，何物能值？怀古千秋，引颈未来，生命须臾，文脉永恒。即便我等消失，生命的接力会与之厮守永远。

回望较场口

曹黎民

头顶上的星星还是当年那片耀眼的繁星，它有序而明亮地点缀在漆黑的苍穹上，丝毫感觉不到它们有何异样的移走变动。此刻，站在这片熟悉而陌生的土地上，除了它还保留着以往的地名，原有的景物已全然不再。面对从高楼狭隙间涌出的滚滚热浪，辨识着霓虹灯饰闪幻的斑斓图标，在许多瞬间里，真是不知今夕何夕此地何地。

这就是较场口。它地处重庆半岛上半城的尾端，与重庆城的西部门户通远门仅一箭之隔。在残存的史料所及的几百年间，重庆城从繁荣的朝天门、小什字、会仙桥一路往西，延伸到较场口便有些力所不逮，逐渐萧条凋零，有如强弩之末。于是，这片紧靠通远门不乏荒凉杂乱的坝儿便成了驻军操练兵士的校场。校场上的刀锋枪尖大都难耐寂寞，尽管历代对它多有防范，但铤而走险阴谋血腥始终难以杜绝。较场口那场震动朝野的惊天大案发生在明末熹宗天启元年。那年，明朝辽东屡遭努尔哈赤的重挫，朝廷急忙抽调永宁宣慰使奢崇明北上驰援。奢崇明早就心存异志，进入重庆便赖着不走。那年农历九月十七日，奢崇明趁四川巡抚徐可求在较场口阅兵之机，将徐可求及以下道台、知府、知县官吏二十余人悉数杀掉。那场血腥的兵变使较场口背负上太多的恶名，在之后许多年间，路人经过较场口都会感到阴风惨惨毛骨悚然，仍能闻到一股股阴谋血腥之味。

较场口因为其血腥的恶名一直以来让人避而远之，除了操练军队，能够派上的用场，便是灾荒年辰衙门在那里设点搭锅，开仓放粮赈济灾民。

弹指一挥间，几百年过去了，较场口迎来了历史上最为温情的发展时光。

那片宽阔的坝儿因地处城市脊梁，冬天日照充足，夏日八面来风。优越的地理位置使其逐渐变成民居汇聚之地。在人们目力可及的20世纪，密密匝匝的木质板房像雨后疯长的蘑菇四下蔓延，那些民房大约遵循着城市建设的某种布局，呈东西走向整齐贯通地劈出若干街巷。从紧靠南边悬崖往北走，依次是磁器街、木货街、炒房街、洗衣街。街巷两侧的民房既是住家又是店铺，磁器街出售各种瓷器，木货街制作床柜桌椅，炒房街终日飘荡着花生、板栗、葵瓜子的芳香，洗衣街一溜串洗染铺子响亮的搓揉声、击打声有如歌谣。再往北走，土布市场、石灰市、银行、当铺、饭馆、酒肆、澡堂、客栈次第铺展，繁荣兴旺的市井生气将过去的阴霾一扫而光。

较场口东西两端流淌贯通的江风山雨声色绚丽。较场口东边马路对面有一座社交礼堂，后来改为大戏院，再往后则变成取名为“唯一”的电影院，它记录着该地区由交际舞到现代电影的文明进程。唯一电影院往左拐就是保安路，路口不远有一座名曰“玉壶香”的茶楼，楼上戏台女子唱的清音清凉似水。而后茶楼也被改造成电影院，取名升平电影院。几步之遥就并立着两座电影院，这是较场口历史上的骄傲，从上映《十字街头》《夜半歌声》《一江春水向东流》到《白痴》《复活》《哈姆雷特》《第十二夜》，它俩以经常爆满的上座率不断提升着较场口的品位形象和文明参数。

较场口西边仍旧保留着一块空旷的坝儿，不知是为了存留些许历史的记忆，还是为市民提供一块休闲之地。那块坝儿在许多时间里成了各种草台班子的演出场地。从融汇了昆、胡、弹、灯多种声腔的湖北汉调班子，到来自千里之远的河南马戏安徽花鼓山东飞车，那些民间草台像走马灯似的你方唱罢我又登台，形成又一道亮丽风景。那块坝儿似乎还有一种悲悯的胸怀，可以接纳这个城市最底层的各色人等，为他们提供一处歇脚喘息乃至营生的地方，包括从乡下来的无处可投的灾民盲流，沿着陡峭的十八梯月台巷攀爬上来的力夫背客，以及那些看相的、挖耳的、修脚的、讨饭的、卖打药的。

这是一幅有如《清明上河图》那样的繁荣温情、平和怡然的市民生活图。这大约是中国几千年岁月中，在战乱灾荒的间歇城市底层生活的常态景象。这种怡然原生的状态，在20世纪那两次天翻地覆的历史巨变中似乎也未中止，就像它南边靠临的浩大长江，时而湍急时而平缓、潮起潮落地流淌着。当然，在以推翻帝制为宗旨的辛亥革命和埋葬蒋家王朝的历史大剧中，较场口也不

2019.8. LXJ

乏上乘的表现。它波澜不惊地汇入了由愚昧麻木到民主觉醒的时代大潮。那块空旷的坝儿便是市民百姓表达诉求的集会场地。那场影响深远的由李公朴、郭沫若等组织的庆祝政治协商会议圆满成功的群众集会，较场口不顾当局的反对阻挠，不畏军警特务的破坏威胁，毅然决然地举起了民主大旗，呼喊出反独裁争自由的时代强音。那些集会游行、呐喊抗争充分展示了较场口不畏强权不甘逆来顺受的政治觉醒。

日升日落花开花谢，20 世纪末，较场口连同整个重庆城都走到了旧时景象的尽头。在汹涌而至的历史大潮中，较场口开始呈现衰颓之势，在周边拔地而起的高楼压迫下，磁器街、木货街、炒房、街洗衣街失去了盘踞百年的自信，在无所适从的惶惑中，日渐衰竭的生命活力使那些百年街巷变得像一截截溃烂的盲肠。于是，割除这些盲肠便成了一种必然。于是得意大厦以它巍峨的身躯连同其庞大的裙楼，一下坐拥了历经百年的所有街巷。在打造集商务、购物、娱乐、休闲为一体的现代都市新的风貌中，邻近的石灰市也不甘落后，日月光广场以更加恢宏的气势将较场口周边地块标志及残存的记忆全部抹去。

较场口彻底改换了容颜。这是一次连同地貌格局人文品位在内的脱胎换骨的改变。在有如沧海桑田般的改造中，较场口只有一处遗迹存留了下来。那是附着在较场口躯体上的一块疤痕：较场口惨案遗址。那段发生在 20 世纪外敌入侵的惨案不仅是较场口的伤痕，也是这座城市乃至整个民族心灵上的伤痕。远远地望去，惨案遗址有如一块荒芜的土坷畏缩在得意大厦的脚下。不知道如何审视与评说这看似有些不敬的遗址背景处置，这里只能还原当年发生在防空隧洞里那惨绝人寰的情景：在令人窒息的黑暗与恐惧中，哭喊声、惊叫声、呼救声乱成一片，拥挤、纠结、抓扯、抱持的人群像镰刀下的甘蔗一片片倒下，为了躲避日本飞机的轰炸，涌入隧洞的几百条鲜活的生命转瞬就走到尽头。

物换星移沧海桑田，乃人间正道。

较场口这个沿袭了几百年甚至更为久远的地名不知道还能存留多久？

较场口注定是这个城市的一块胎记。它与生俱来地附着在这座城市的一处隅角，它跟这座城市的兴衰浮沉紧密相连。

回望较场口，从弥漫着阴谋血腥的练兵场到蚁穴般拥挤杂乱的茅草屋捆绑房，从青砖瓦房小街僻巷到鳞次栉比的钢筋混凝土高楼大厦，由逆来顺受的麻木到要民主争自由的觉醒，较场口清晰地印载着历史车轮前进的轨迹。

回望较场口，人们是否会怀念过去那些悠闲怡然低碳原生的日子？是否会想到较场口最南端的那排石砌的护墙？那是一溜天然的观景处。凭抚石墙可以眺望很远很远，从车水马龙的下半城到迤逦远去的江水，从江对岸田野里的麦苗、稻穗、油菜花、海棠花到南山上那一片郁郁葱葱的森林，视野和思绪会随着天上的鸟雁一块飞翔。

回望较场口，面对巍然屹立望不到尽头的高楼大厦，面对仍旧以强劲势头一浪高过一浪的城市建设，人们的目力会否越过眼下的时空遥望未来，会否生出些许隐约的忧患？“南朝四百八十寺，多少楼台烟雨中。”唐朝诗人杜牧的诗句之所以流传千古，是因为它蕴含着凄婉无奈的历史悲情。

回望较场口，它原本的模样，它所经历的许多事都会被淡忘，战乱灾祸和平繁荣的浓墨重彩都会褪色，就像远处遥望一幅水墨画，它的结构形象线条细微全都模糊不清，能看见的只是斑驳的墨迹，那些墨迹就是地名。

地名原本是辨识方位和地块特征的称呼，它跟随历史前行了一程就会成为历史的一部分。一个沿袭了千百年的地名或许已经不再是一个地名了，它已经从原本的内涵剥离出来，犹如冲破蚕茧的飞蛾，成为一种意象一种标记。就像垓下、赤壁、金田、武昌、马嵬坡、山海关、桃花源、秦淮河，它们已经不仅仅是地名，而是历史的标记和图像，是通往中国几千年文明纵深最直观的路径。

较场口会成为破茧而出的飞蝶吗？

炮台街悠思

余德庄

现重庆渝中区沧白路中段，即洪崖洞仿古建筑群一带，旧称炮台街，其临江一侧的悬崖，近俯嘉陵江，远眺朝天门，是老重庆主城的一处防卫要塞。我小时候曾在附近的铁板街居住，说是街，其实只是连通沧白路和临江支路的一条小巷。小巷无处可玩，我们儿时的乐园便是炮台街了，不过那时市民已很少称呼此名，都约定俗成地称之为城墙边。当时那里城堞犹存，一溜看去，煞是壮观。城堞下面即是洪崖洞高达数十丈的悬崖峭壁，崖壁上长满草丛藤蔓，上面常见雀鸟翔集和黄鼠狼、四脚蛇（蜥蜴）之类的小动物出没。探身下望，隐约可以看到一些黑色的瓦顶，那里便是洪崖洞河街所在地了。从城墙边下去只有一条石梯道，但因太狭窄陡险，小伙伴们一直视为畏途。我曾偷偷冒险下去过一次，刚战战兢兢地下完梯道，来到一片参差错落、摇摇晃晃的吊脚楼前，就看见小巷口有一个卖蛇人从巴篓里抓出一条乌梢蛇，极麻利地就地剐皮剖开，取出一枚挂着血丝的蛇胆交到一个两眼通红的中年汉子手里，那汉子二话不说便径直送进嘴里，伸脖瞪眼地干咽了下去！从未见过此等场面的我，惊愣片刻，吓得转身就跑，从此再不敢造次涉足。当后来得悉“洪崖滴翠”曾被王尔鉴列为巴渝十二景之一，其“珠飞高岸落，翠涌大江流”的美景曾令无数游人倾倒之时，依然无法淡化少年时留下的印象。后来得知“洪崖滴翠”系指当时从城中大梁子（现在的新华路）经大阳沟流来的一股溪流，在洪崖断崖处飞腾而下所形成的水瀑，其在抗战时期便因城市的扩建而无存，也就更谈不上遗“珠”之憾了。

当时城墙边的那门被称为“三将军”的铸铁古炮尚未搬走，虽然四周拦有铁链，但却只是象征性的，人们可以毫无顾忌地亲近它。这样它自然而然地成了我们这些娃儿们的最爱之物，只要来到城墙边，古炮绝对是冲刺的第一目标。我们在黑色的硕大炮身上攀上爬下，忘乎所以地玩耍，用双手和肚腹将其擦拭得明光锃亮，尽管炮膛早已被封死，我们仍然煞有介事地骑在炮上，用嘴巴“轰轰”地向前方开炮。炎炎夏日的夜晚，热得只着裤衩的娃儿们也会不约而同地来到古炮边，将脸和身子贴在冰凉的炮身上，以图一时之凉爽，或者就坐在那些同样冷浸的铁链上，快活无比地荡秋千。不玩炮的时候，小伙伴们便在那里玩官兵盗、跳拱、翻筋斗，或者趴在城墙边上，用棉花作诱饵钓四脚蛇，要不就干脆叫喊着打着转儿胡乱疯跑。

古炮旁边有一个用条石砌成的有两三丈见方的水池，从很高的池墙砌孔里，可以觑到里面的一池绿油油的死水，当时我们都相信这样一个说法，池子里关养着一条已经成精的大鱼。后来我一度很爱将它臆想成一个给古炮配套的，战时用来浇冷炮管或者灭火的水池。再后来，当我得知这个水池其实与古炮并无干系，又进而得知这门使整条街道都因其而彰显得名的古炮，实际上在数百年间从未正儿八经地使用过一次，心头便颇有些失落，觉得它多少有点辜负我们童稚时代的那份亲近和眷恋。

据巴渝史载，明初戴鼎筑重庆城，建有十七门，九开八闭，洪崖门是闭门。所谓闭门，就是不开启的城门，仅作为军事防守之用。明朝末年，张献忠率部入川，为防其溯江攻城，重庆地方官府在江津特铸造三门大炮，分置于渝城南北三岸，欲以犄角之势，临江据险，拱卫重庆。三炮运抵重庆时，市民倾城围观，并以其雄姿取雅号为“三将军”，意为三员威风凛凛的守城虎将。其中的“大将军”口径一尺八寸，坐镇南岸大佛寺附近；“二将军”一尺六寸，坐镇江北嘴；“三将军”一尺四寸，就是洪崖洞顶炮台街上的这一门。不料“二将军”在运输途中在朝天门遇夹马水翻船坠江，从此不见踪影，只留下“大将军”和“小将军”两位遥相守望。

“三将军”尺寸虽位列末位，却雄踞洪崖洞上的显要位置，肩负着最后一道防线，锁控两江三岸的重责，其炮台周长十丈，高八尺，颇为壮观，成为主城一景。但其威力到底如何，地方史志上却从未有过记载（张献忠部队后来是先袭占江津，后陆路轻取浮图关，进而攻陷重庆城的）。不过民间却为之留下了一个煞是了得的“口碑”：说是江北溉澜溪下首有座人头山，山上常年闹鬼作乱，致使江中船翻人亡。“三将军”发炮荡妖，一炮出去，不仅扫荡了妖孽，还威及人头山背后的长寿地界，于是便有了“炮打人头山，子落长寿县”，极言其神威的乡民传说。不过这多半应是戏言笑谈，因为即使是近现代射程较远的榴弹炮和加农炮，也难达到如此射程的。

“三将军”后来被移走，现安身于枇杷山市博物馆前的小广场上。但它到底是何时离开炮台街的？近见有人撰文，称是在民国二十三年即1934年间，炮台街一带为改筑马路，而将炮台拆除。这应当是不错的，但文中接着说“‘三将军’的功能不复（存在）了，人们便将其迁移到枇杷山”，这让人产生“三将军”是当时被移走的印象。我对此有所质疑：果真如此，我们儿时见到的那门古炮又是什么呢？事实上，当时枇杷山还属私家园林，博物馆是1949年后才建立的。因此我倾向于“三将军”是20世纪50年代或20世纪60年代移至枇杷山的。

炮台街这一地名在官方地图中消失，则与原古炮台隔街相望的一所学校——重庆府中学堂有直接关联。重庆府中学堂原为东川书院，在川东和川中都极负盛名，辛亥时期，时任该校校长的蜀中辛亥元勋杨沧白在此会聚革命党人，进行秘密活动，并一举推翻清王朝川东政权，建立重庆蜀军政府，成为影响全国的重大事件。杨生前曾任四川省省长和广州大元帅府秘书长等要职。1942年8月，杨沧白先生在重庆病逝，国民政府为之举行国葬，并将重庆府中学堂改为“杨沧白纪念堂”，又于次年将原来的觐阳巷、炮台街、书院街、香水桥街连通，统一命名为沧白路。抗战胜利后“沧白堂”又成了当时国内各种政治力量风云际会的旧政协会议的会址，国共两党和诸多民主党派的显赫人物，都在这里留下了各自的历史印迹和种种传闻轶事。

当年我这个铁板街的懵懂少年，对这一切自是全然不知，但对在同一地段上的那座别处少见的绘有国民党青天白日党徽的张培爵烈士纪念碑的存在却曾有过一瞬的困惑不解，但却从未认真探究过。直到长大成人，方才知悉那也是抗战时期国民政府为纪念蜀中的另一位辛亥元勋，曾任蜀军政府都督和北京政府高等顾问等要职的张培爵先生而修建的。1949年后也没有人动它，甚至也没有像对待城中心那座原本是铭记重庆人民乃至整个中华民族14年抗战苦难辉煌的“抗战胜利纪功碑”一样，来个原物保留、仅改称谓的巧妙处理，而是原模原样原名地保留下来，这确属少见。古炮台往东五六十米处，还有一幢同样建于抗战胜利后，名气也同样不小的四层楼的“南国大厦”。这些历史建筑和这条街名的存在，多少使沧白路原炮台街一带有了一种或浓或淡的民国味。

我于 1965 年支边去了云南西双版纳，1968 年，当我时隔 3 年回到重庆探亲时，两派武斗仍未消停，因此多数时候只能蜷缩在家里，晚上更是不敢出门。这一日，忽听来访的老同学说，沧白路的城墙边一带一到晚上，成双捉对的恋人便挤满了临江的石栏杆，成了以武斗闻名的重庆城中的另类风景，年轻人干脆称其为爱情走廊。当时我家已搬离铁板街，对同学之言既感新奇，又难以置信，当晚便壮胆跟老同学一起来到沧白路一探究竟。果不其然，暗淡的路灯下，长逾百米的城墙边挤满了搂腰搭肩，轻笑耳语的青年男女，不时还会看到旁若无人的亲昵举止，周围也不见有人干预，其轻松欢愉的氛围与当时的社会状况完全不合拍，仿佛是另一个世界！

老同学说，仅仅 1 年前，两派出动舰艇在朝天门一带进行“海战”，一时江面上炮声隆隆，硝烟弥漫，犹如真正的战争，城墙边却成了市民们蜂拥而至的观战台，不少人被踩踏受伤，其状惨不忍睹……没想到现在却变得如此浪漫……看来再怎么乱怎么斗，老百姓还得男婚女嫁，还得把日子过下去啊！那时市民都住得仄窄，几代挤一屋的窘境比比皆是，哪有谈情说爱亲密接触的地方？年轻人只好“室内动作室外做”，来这里将爱情进行到底了。随着来这里的青年男女越来越多，稍晚一点就占不到位子，占到的则不会轻易动窝，尤其是原来古炮台所在的那一段向外突出的弧形石栏杆，更是青年男女们最为向往的黄金地段，不少人下午就早早地来占了位子，以图度过晚间那几小时的良辰美景。

一个临江踞险的古老炮台所在的城墙边，却在“文革”中成了青年男女卿卿我我的宁静港湾。真说不清楚这是一种历史的讽喻，还是人性的回归。不过这一美好景象并未天长地久，因为沧海桑田的巨变时代已经轰然来临。

使沧白路城墙边不再宁静的第一波，是 20 世纪 80 年代嘉陵江索道的修建，这条“重庆第一天道”的市民过江索道的落成，将这条原本尚属幽静的背街一下子变成了行人熙攘的要津。虽说从高高的索道上俯瞰脚下的城墙边和洪崖洞别有一番情趣，但愿意成为被俯瞰对象的情侣恋人却日渐减少以至终于绝迹。重庆城的最后一抹浪漫景观就这样被强大的现代工业文明彻底驱

領事巷 二〇一九夏
山城民居之三

除了。后来洪崖洞下又修起了滨江路，当年的老码头、吊脚楼等景观也随之消失。

不过沧白路城墙边真正的历史大变脸，却是新世纪初重庆小天鹅（火锅）集团对这一地段脱胎换骨的开发改造。曾几何时，宽达数百米的天然崖壁已被一座高达十余层的仿古建筑全部覆盖，内有巴渝风情街、民俗展览厅、多功能影剧院、工艺品展销中心等设施，各色茶坊酒肆、名特小店鳞次栉比，数不胜数，这成为主城区最大的一处人工打造的“巴渝民俗风情集镇”。地处其顶端的原炮台街城墙边一带，则设置了用不锈钢和玻璃面为栏杆并铺以木质地面的豪华观景平台，平台内侧还添置了若干表现巴渝民俗风情的雕塑，如此等等。所有这些，对于初来乍到的旅游者，或许会有某种新奇感和吸引力，而对于从小在此长大的我辈来说，置身其间，有时却不免会生出时过境迁、此地已非彼地的感伤慨叹。城市建设随着时代社会的发展变化而发展变化，乃是大势所趋，无可厚非，但在这中间，我们是否也应该在祖辈生存繁衍的这一方土地上，尽可能地留下一些历史的记忆呢？历史的记忆是一个民族的根基，也是一座城市的根基，任何以损毁根基为代价的发展，都是得不偿失的！

现在的沧白路洪崖洞，古炮台没有了，古城墙没有了，沧白堂没有了，南国大厦没有了，甚至连洪崖峭壁本身也见不到了……历史留下的只是一个古老地名和老重庆们的悠悠思绪。

第二卷

十八梯和它的『路』

大门无形

吴景娅

朝天门适合远眺。

站在江北嘴或南滨路的某个角度去望，隔着一河又一河大水，隔着一种天之涯地之角有限与无限的空间，以及前世今生的烟云与迷惘，朝天门会在水声中哗啦而至，倏忽间又遥不可及。朝天门庞大的建筑再不是一个固体，一个地标，而是一种上天入地的奇异想象，水天结盟的行为艺术。

朝天门让人难辨雌雄。秋冬水瘦，它站立的姿态一览无余，像雄性士兵一般尽职尽责地站在那里，骨骼粗大、肌肉结实，岿然，充满斗志；春水奔涌，它伸出自己的尖角，似一把利剑刺破扬子、嘉陵二水的纠缠，让浊者自浊，清者自清；夏季，它往往面临着汪洋倾城的考验，于是低头华丽转身，恰恰变为一枚轻盈的叶儿，温顺自在地与暴虐的波涛同嬉戏共存亡，斜睨洪峰的来去。

若论识时务为俊杰者，非朝天门莫属。600 多年的星移斗转，多少楼台被岁月这把砍柴刀砍个七零八落。而朝天门总会在历史的接缝处，抖落过时的尘土，重装上阵，旧貌换新颜，去引领新时代的时尚。朝天门总在扮演呼风唤雨、指点江山的领袖或英雄角色。你要读懂重庆，首先便要读懂朝天门。朝天门是重庆的扉页、卷首语，甚至，是以重庆为城的大标题。

一

细读这个重庆城的大标题、扉页或卷首语，有三位男人的身影会在字里行间飘飞。戴鼎，隔着 600 年的岁月，已无法去揣测他高矮胖瘦的模样——

是会像现在一些贪官那般秃顶，吊着一个十恶不赦的啤酒肚呢？还是会像在朝天门打拼的小老板，精瘦的身条，两眼贼亮，走路虎虎生风？但可以坐实的是，他曾是重庆城最大的野心家，很擅长见风使舵、溜须拍马。明洪武四年（1371 年）秋，盘踞重庆多年的大夏王朝刚灰飞烟灭，作为掌管重庆城明卫指挥使的他即刻仿明都南京，垒石筑城。他要打造一个山寨版的金陵石头城来向疑心重重的朱元璋表决心。但，他还是来了点小创意，让十七道门沿江迤逦而立，像谜语般九开八闭。十七道门，道道若虎踞龙盘，气势不凡，而众门之首当属朝天门。戴鼎便拿这门当宝贝，成为他向遥不可及的朱元璋致敬的大排场。看看吧，一门朝天而立，朝滚滚长江东奔之水而立，其寓意昭然，那“天”便是朱元璋，是天朝金陵。而朝天门也成了迎天官、接圣旨的指定之所。

戴鼎从不掩饰他要巴结朝廷的那点心思，可谓结结实实，一点不偷工减料地修建了朝天门，以至于把它修成了壁垒森严的重重机关，由大城门、瓮城、三门洞组成，“朝天门”三个字便刻在瓮城门楣上。可以想见戴鼎的得意，他在山高皇帝远、蜀道之难难于上青天的地域创造了气焰嚣张的官场文化、官场建筑，让如此聚天地灵气的风水宝地经常干着“迎官接旨”的勾当。是时重兵把守，草根免进，连商船、民船也不能靠朝天门码头半步。朝天门对老百姓而言，不过是只闻其名、难近其身的冰冷官场机器。而戴鼎非常享受这般决绝的霸气，那是一种皇帝的感觉。他希望每一个为官者都能视之如命，把这样的享受延伸至千秋万代。

他却没想到仅仅300年后，他的规矩就有了终结者。那便是遂宁人张鹏翮，一位有着人文情怀的清初名相。他到重庆巡察时，听说了朝天门自古以来的这般陋习，怒发冲冠，以另一种强权废除了在朝天门维系了几百年的官家特权，把这么一个风水宝地还给了老百姓，也真正还给了重庆城。

在百度一输张鹏翮，便有众多词条奔涌而至，可见良心臣相才能名存千古。虽然同样难寻张鹏翮的画像，但他的不少诗词却能像山河入梦般潜入你心灵的隐秘处。他写：“歧路无知己，天涯畏影单。黄牛千嶂夕，白马一江寒。”透过他有些冷意瑟瑟的诗，你似乎已看到了天涯孤人的画面，对这位高官产生一种莫名的同情、体恤——原来他的内心还住着一个多愁善感、悲悯万物的张鹏翮，并非像他官帽般的强悍。便能想象这么个集文学家、诗人、教育家、水利专家、外交家于一身的人物伫立于朝天门时的情形：江风或许会吹动他的胡须（假若他也像关云长一般蓄着性感的美髯），吹动他的官袍，吹动他像江面水鸟倏然飞过的灵感，他也会涌动出二三百年后青年海子的诗情，面朝浩瀚无边的水域，内心一片春色，开得桃红李白；或者，他会受朝天门暮色的诱惑，陶醉在一片“渔灯明远近，树色隐青葱”的意境里，感受真切的家园之感，不再天涯畏影单。因为他永远不会是一个人在战斗，懂得感恩的重庆人早把他视为乡亲。

第三位男人叫潘文华，重庆建市后首任市长。他是位行伍出身的军人，川军主将，曾被授予“植威将军”的称号，可见他拿枪的手何等果敢决伐。这么一双手用来搞市政建设，同样雷厉风行——拆城墙、建码头、修新区，重庆城区的第一条公路、第一所高等学府重庆大学、第一座中央公园、第一个珊瑚坝机场都是在他在职期间诞生的。当然，也是为了拓展朝天门大码头，他下令拆掉了朝天门的大城门、瓮城等，让朝天门成了无门之门。以现在保护文物的意识来看，潘市长似乎有些军人的冲动，缺乏地域文化发展的眼光。然而，那毕竟是 20 世纪二三十年代，所谓的重庆城仍在乡野的泥泞中艰难徘徊。可以想见一位渴望作为的市长如何地心急如焚。潘文华有个绰号叫潘鹞子。鹞子属鹰科，小型猛禽，飞速极快。从这个绰号便能窥见老潘性格二三。老潘长得倒不生猛，眉眼清秀、面善，戴一无框眼镜，倒有几分文质彬彬的文人气质。作为现在的重庆市民，我对这位首任市长仍充满感激，因为毕竟是他首先用城市文明之光来照亮我们曾破败不堪的母城。

这三个男人分别扮演了朝天门修筑者、改造者、摧毁者的角色，而朝天门也在他们手中不断变幻着自己的内涵与外延——从横空出世，大开大阖，到步入大门无形的境界；经历了大官场、大码头、大商地的更迭之路；成了重庆最崇高、气派，最具形而上力量的一座门。

二

朝天门对于每一个体的重庆人来说，可谓悲欣交集。它是重庆人大派对的社交场、歌舞厅，每个人似乎都可以去那里吼一嗓子，撒一把野；它是渝州版的灞桥，上演了人世间太多的重逢与告别，黯然销魂与凯旋。

可以说，每个人心目中都有一座朝天门，对它的描述无不烙上自己人生悲欢离合的印痕。记得2011年在北京遇见88岁的东方女神秦怡，提及重庆，年迈的她少女般一偏头，若有所思。忽儿便宛然一笑说，当年爬朝天门的石梯，哎哟，我的腿哟。那石梯真是挂在悬崖上的天梯。秦怡指的当年，是她十六七岁娇嫩的当年。她是坐着“皇后号”逃离危险地带，投奔陪都重庆的。她说，当“皇后号”抵达朝天门码头时，她一直站在甲板上眺望。十月，山城已有淡雾弥漫，高高低低的灯光破雾而来，像有灵性的萤火虫成群飞舞。她在异乡的天穹下，泪流满面，透过泪水去望朝天门，如望见美国纽约自由女神一般欣喜、踏实。的确，重庆是秦怡的新大陆。重庆让这个举目无亲、怯生生、只想当小学教员的女孩转眼间成了叱咤话剧、电影舞台的女神，一红几十年。而当她在舞台上眼波流逸、万端风情时，当年朝天门绚丽的灯火便化作了底色。

抗战时，我外公外婆也扶老携幼带上一家十几口从北京辗转来到重庆。朝天门也是他们踏入重庆城的第一片土地。“重庆人好哇，码头上好些人卖洗脸水，外乡人来，一下船便能洗把脸，照照镜子，不至于蓬头垢面进城。”外婆是北师大毕业的女知识分子，把面子的尊严看得比肚子的温饱还重。当年重庆人在朝天门的这桩柔情买卖给她这个下江人留下了终身不可磨灭的好印象，以至于抗战胜利后还乡，她笑吟吟地把自己的几个儿女留在了重庆读书、工作、婚嫁，开枝散叶，于是才有了我这个北方与南方融合的女儿。

朝天门在20世纪五六十年代出生的那批重庆人的记忆库里，是一部情节复杂、没完没了的连续剧，可能是励志片、言情片、青春片，也可能是火光冲天的战争片。

我的一位当过知青的朋友，每每说起朝天门常用五个字来形容——“家园的大门”。17岁身形单薄的他是从朝天门码头出发，去下川东的奉节当知青的。他说，离城那天，当汽笛一声响，轮船把水面犁出惊心动魄的一片白浪，朝天门像往事似的无处可觅，船上的女人几乎是在集体哭泣。男人眼神惶惶，唯有沉默，心里一遍又一遍温习朝天门的模样，像怕走丢的孩童拼命去记住父母姓甚名谁。而当他每一次回家探亲，依稀望见“红港”大楼在烟云间耸立，总会恍然觉得那里有人在焦急地等候着他。虽然一瞬间便清醒过来：自己的父亲还被关押，母亲重病在床，兄弟姐妹散落他乡。但仍喜欢把这种幻觉一遍遍享用。朝天门让他有了被等待、被需要、被温暖的感觉，忘掉自己与这座城曾有的恩怨，而恨不得跪下来，一级级去吻朝天门的石梯坎。因为它已成为他心目中的长辈、智者、偶像与精神领袖，它宽阔的水面仿佛是一种令人动容的肢体语言，告诉所有的归来者：欢迎回家。

三

朝天门于我更似一堆强弱不定的音响——码头上此起彼落的汽笛声，扛着大包的力哥走过闪悠悠踏板的吭哧声，上下船的旅客推推搡搡的抱怨声与叫骂声。而最让我浮想联翩的是当年缆车叮叮当当爬上爬下发出的声响。那很像一种雄鸟求欢时的鸣叫，春情亢奋，谁也无法阻挡它的进攻。

前些年我常于仲春之夜坐在朝天门码头那坡石梯坎上发呆。那真是个发呆的好去处：一眼望去，水天浩荡，辽阔的空间似乎能承载辽阔的心事。尤其是在星满苍穹的夜色里，已看不清两江交汇的奇异之景，唯觉黑漆漆的大水化作千万匹闪闪发光的绸缎在脚下哗啦啦翻滚。这水声有时像风尘女子在放嗲，有时又童言稚语，有时一片天籁，令人禁不住心驰神往。一瞬间，便觉背后有动静，恍惚见着一二小和尚提着灯笼匆匆而至。灯笼上明明白白写着“金竹寺”的字样。小和尚的面容在灯影中真实无比，包括那淌在脸颊上的汗珠。

重庆民间一直流传着“金竹寺”的故事，那是“渔歌唱晚”中最神秘的一章。虽版本众多，却万变不离其宗，都是在叙述一个重庆力哥、即现代山城棒棒军的祖师爷如何受人之托，从成都跋山涉水捎一封书信给朝天门金竹寺住持的神奇经历——

千辛万苦的征程对力哥倒是小菜一碟，令他痛心疾首的是，走到了朝天门，面对汪洋一片的水域，他已无路可走。上哪里去寻金竹寺的踪迹呢？他有些绝望了——这该死的大河难道要摧毁一个重庆男人的信誉吗？

也是在月华如水的夜晚，也是在力哥对水发呆的朦胧中，一阵脚步声由远而近，有一二提着“金竹寺”字样灯笼的小和尚来到他身边。接下来的情节堪比好莱坞的神话电影——朝天门的大水陡然分开，出现一条笔直的石梯直抵水底，那里伫立着一座金碧辉煌的庙宇。力哥像诗人但丁紧跟贝亚德神女般跟随着两位小和尚，终把书信交给了这里的住持。住持问他何以谢？这位憨厚者答，不用谢。若是可以，砍寺中一截竹子予他便可。他是力哥，靠棒棒求生。送信的忙乱中，他丢失了自己的劳动工具。

他果得一竹棒棒，心满意足重返陆地，只当自己完成了一种功德。待回首望，仍只见一河大水波涛汹涌。再一细看自己的竹棒棒竟变成了金棒棒，他被惊吓得不轻，才知神奇的朝天门让他遇见了仙人。

想来“金竹寺”的传说在重庆流行了好几百年了吧，它几乎影响了重庆人对神话的态度：宁信其有，不信其无。甚而锻造了重庆人的浪漫气质，他们真的相信每一片水域下都可能藏着另一座重庆城。今年初春在南山上，一帮文人就着几瓶高度酒浇灌出的亢奋“侃大山”，便有一男作家信誓旦旦地说自己也见过“金竹寺”。那时，他还是朝天门年轻的码头工人。大旱年，水往江心撤退，几乎成了小水塘，他下去游泳，一蹬脚，身子竟被下面建筑物的飞檐擦破皮，血流不止，只好上岸。待伤愈再下水，却怎么也找不到那水中的飞檐了。另一男诗人当即表示赞同。说自己年轻时与女朋友谈恋爱，一宿宿泡在朝天门的石梯上，干一些普天下男女都会干的事情。夜半，江风疾吹，竟从水下传来一阵阵敲钟声，惊了他们的好事。是谁在那里敲钟哇？急湍的水流、成精的鱼，还是忙着赶路的时光？或许，就是“金竹寺”自我的发泄——它受不了人们的不相信。男诗人站起身，眼里闪动着奇怪的光，把一只手伸向众人，激动地一再重复地问：谁在那里敲钟哇？我需要知道。

我的一位女朋友也是“金竹寺”传说的坚信者。她是朝天门大正商场搞服装批发的女老板。10多年来，她总在凌晨四点披星戴月赶到自己的店铺，下午四点赶回家为老的少的做饭洗衣，晚八点准时上床睡觉。每天，向着朝天门的进发之路，都是危途——她数次被抢，差点被强奸。但她咬着牙坚持了下来，把自己从一个下岗、凄苦无依的单身母亲拯救为住联排别墅、送女儿出国留学的独立女性。她最喜欢世界著名女建筑师扎哈·哈迪德的名言：强悍的人生无须解释。但她做起生意来却懂得柔情似水，人家称她一声姐，她就实实在在当人家是妹。她说：“为什么那么多的重庆人都靠在朝天门做生意做发了？还不是沾了‘金竹寺’的光。千万别当它是说着耍的神话，它是在教重庆人做人呢：偷奸耍滑，你就只得个竹竿竿；守信坚持，便会得个金棒棒。”

每每置身于朝天门批发市场，我都会百感交集——它像这个世界上最硕大无朋的奇妙机器，吞进了无数吨的渴望、欲求、汗水、痛苦的泪以及拼搏时的呼喊，吐出的也许是财富、胜利的笑容，也许就是无奈与绝望。但，更多的人仍选择不撤退；它像一列单程列车，阅尽重庆城这30年的光阴，走过春色也走过苦寒天，对每一个被挤下车的旅客都抱以同情却又束手无策，只顾着无所畏惧地前行、前行。

那么盘桓在朝天门的“金竹寺”传说意味着什么呢？可以说，这个重庆城最绚丽迷人的故事，在这里、在重庆人打拼的聚集地经久不息地流传，是为了揭示、感召、传播一种几百年来积淀而成的朝天门精神。它也是重庆人精神的内核之一。它更在提醒所有的重庆人：假若你站在朝天门码头离水最近的地方，望着滔滔大江东去，一回头便会发现重庆山高坡陡、地势险恶，其实是没有多少地盘与机会供人们去虚情假意、狡诈、算计、回旋、前怕狼后怕虎的。重庆人必须耿直、诚信、勇敢、吃苦耐劳，才可能在这比上青天还难的地方活着，活得欣欣向荣，生儿育女，千秋万代。这，便是重庆人的命。

细数数，满世界都没有哪个地方的哪道门敢以“朝天”命名，唯有重庆敢。重庆人命大福大，门朝天开，朝自己的心窝子开，朝自己艰难的命运与不屈的人生开；那无形的大门便成了天下最厉害的一张嘴，最滔滔不绝的语言——代言重庆，时时刻刻。

巴金和我们的“民国路”

阿蛮

为“民国路”三字加上引号，是因为城市地图上找不到。那条街还在，20 世纪 60 年代更名叫了五一路。而在巴金的作品里，民国路则是一条特色鲜明的重庆街道，换了任何别的名字恐怕都不行的。

知道巴金这名字时，那条街还叫民国路，我还是个小学生。我哥哥读中学，喜欢看小说，有一次从同学那里借来了《家》，读了就让我也接着读。哥哥不知从哪里知道这本书的作者巴金，曾经在与我们家仅一街之隔的一幢楼里住过，说他应该算是我们的邻居。看我很惊奇，哥哥又把民国路上那幢临街的楼房（今五一路大都会大门对面）指给我看，是一幢建于抗战时期的三层楼房，双开木门很宽大，里面是两层回廊围着一块天井。但天井不是露天的，上面盖有屋顶，镶了七八片玻璃瓦采光。楼内住户很多，回廊堆满了煤、木柴以及朽坏的家具，房屋破旧而黑暗。其实那房子我本来也熟悉，是一家文化单位的职工宿舍，我和小伙伴们玩官兵捉强盗游戏时经常闯进去，回廊式楼房便于躲藏和逃跑。我家所在的小巷没有院坝，伙伴们便把民国路整条街都开辟成玩耍的场地，两边的房屋也经常钻进去。

读《家》的同时，又看了电影《英雄儿女》，知道是根据巴金小说《团圆》改编的，更对这个作家产生了崇敬，希望读到他的更多作品。可惜接下去就无法读书了，大批判淹没了一切。直到改革开放后读到小说《寒夜》，才相信了哥哥当年的说法，我们的确有过这样一位邻居。巴金在该书后记里说：“一九四四年冬天桂林沦陷的时候，我住在重庆民国路文化生活出版社楼下一间小得不能再小的屋子里，晚上常常要准备蜡烛来照亮书桌，午夜还得拿热水瓶向叫卖炒米糖开水的老人买开水解渴。我睡得迟，可是老鼠整夜不停地在三合土的地下打洞，妨碍着我的睡眠。白天整个屋子都是叫卖，吵架声，谈话声，戏院里的锣鼓声。”原来，我们曾经玩官兵捉强盗的那幢有回廊的楼房，就是那个出版社的旧址。巴金说到的那些生活场景，民国路上嘈杂的市井声，包括老鼠打洞的声音，我们都很熟悉。直到20世纪80年代，那条街基本上仍保留着那样的面貌。

《寒夜》直接写了重庆生活，人物原型都取材于身边的邻居和亲友，作者十分熟悉。主人公汪文宣在一家书局当校对，妻子曾树生在银行做一个“花瓶”似的职员。曾为“昆明才女”的汪母变成了“二等老妈子”，婆婆看不惯媳妇的做派，却又在家庭经济上依赖她。婆媳互相争夺，主人公夹在中间左右为难，后来患肺结核吐血而死。出走后的妻子于一个冬夜回家看儿子，一家人已不知去向。“夜的确太冷了。她需要温暖。”结束句留给读者深深的思索。

小说篇幅不长，与作者那鸿篇巨制般的“激流三部曲”比起来，算是很单薄的了，也没有他早期作品那样的激昂和呐喊。但《寒夜》在巴金的所有作品中分量却不轻，也是巴老自己喜欢的小说之一。原因可能是小说直接写了知识分子在艰难时世里的生活，作家自己的情感和心态很真实。巴老后来在一篇回忆录里这样说到写作《寒夜》的契机：“秋冬之际一个夜晚，在重庆警报解除后一两个小时，我开始写《寒夜》。当时我的脑子里只有汪文宣，而且面貌不清楚，不过是一个贫苦的患肺结核的知识分子。我写了躲警报时候的见闻，也写了他的妻子和家庭的纠纷……我写《寒夜》，可以说我在作品中生活，汪文宣仿佛就是与我们住在同样的大楼、走过同样的街道、听着同样的市声、接触同样的人物……我每天总要在民国路一带来来去去走好几遍，边走边思索，我在回想8年中间的生活，然后又想起最近在我周围发生的事情。我感到了幻灭，我感到了寂寞。回到小屋里我像若干年前写《灭亡》那样借纸笔倾吐我的感情。汪文宣就这样在我的小说中活下去，他的妻子曾树生也出来了，他的母亲也出现了。”（《创作回忆录》1982年人民文学出版社）

根据巴金的回忆，他和妻子萧珊于1943年至1946年期间住在重庆，除去在桂林、贵阳短暂居住，以及在朋友吴朗西沙坪坝的家临时借住外，多数时候都住在民国路文化生活出版社租用的那幢楼房里。在《寒夜》之前，他的另一部小说《第四病室》也是在这里写成的。文化生活出版社是巴金与朋友于1935年在上海创办的，抗战期间迁到重庆。巴金是股东，但并不参与经营，仍以写作为职业，兼作出版社的义务总编和校对。其时出版社经营状况不好，巴金的生活也很拮据。抗战胜利后，文化生活出版社迁回上海，1954年并入新文艺出版社，即现在的上海文艺出版社。“文革”前后巴金受到批判，没有人会注意一个作家曾经的住处，文化生活出版社重庆旧址也长期无人知晓。直到改革开放以后巴金的作品重放异彩，才有人注意到这个地方。

1983年，北京电影制片厂拍摄《寒夜》，重庆是主要外景地。其中主人公一家的生活背景，就选在了当年文化生活出版社所在的旧楼，基本上利用了“原生态”环境。在电影中，许还山饰丈夫汪文宣，潘虹饰妻子曾树生，两人都是实力派演员，在观众中人气很高。尤其是潘虹，那时很年轻，戏也演得好。拍戏时住在附近的居民都去围观，争着一睹明星的风采。我家有个邻居小女孩，说话咬字不清楚，把“潘虹”叫成了“耙（音 pā）和”，听起来很逗人笑。一连几天，邻居们都欢天喜地把看潘虹拍电影说成“看耙和”。

的确看到了。深夜时分，穿着蓝色旗袍的潘虹拍完片从那房子里出来，看见还有很多人围观，又都拍着手“耙和”“耙和”地叫，不知重庆人是欢迎她还是戏谑她，睁大眼向人群挥挥手便赶紧钻进小车离去了。不过，巴金的小说《寒夜》就此更加深入重庆普通百姓的心。我的旧时邻居们至今说起来，也把巴金曾经做过我们的邻居当作引以为豪的话题。不过也仅此而已，人们尊敬作家巴金，喜欢他的作品，却没有人把一幢老房子当成什么重要遗址。

2005年巴金在上海去世后，人们才开始注意搜寻他的遗踪。在重庆市作家协会召开的一次座谈会上，我说起小时候钻进文化生活出版社旧楼玩官兵捉强盗的往事，以及电影《寒夜》的拍摄见闻和感想：包括郭沫若的话剧《屈原》，老舍的小说《四世同堂》，巴金的小说《寒夜》等一大批现代文学经典作品，几乎同时在抗战时的重庆孕育诞生，实在是一个值得研究的现象。便有人感叹应该把巴金旧居保护起来。但那时五一路上那幢房子已经无人居住成了危房，周围一大片也成了拆迁区。2009年，我在渝中区人大会议上提出建议，将五一路巴金旧居列入文物保护单位，至少应在原址新用途确定或新建筑形成后，在该地悬挂铭牌，明确标出巴金旧居所在地并介绍其生平和作品。文

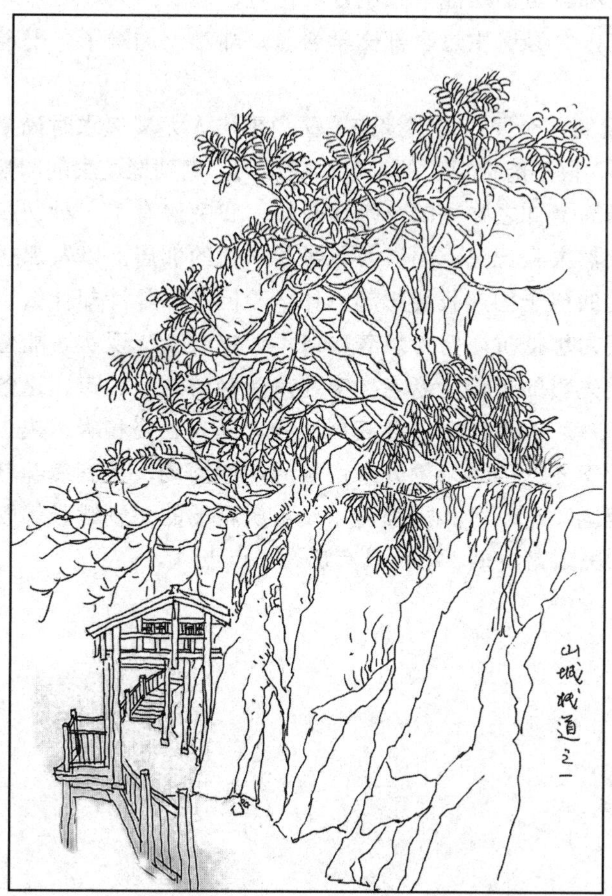
山城栈道之一

物管理所此前不知道这个情况，这时便派人与我一起到拆迁现场，拍摄照片建立档案。此时房顶已经掀掉，但房架还在，总算保留下一些原始资料。

又是几年过去，再次路过“民国路”，那地方已经建起一幢新大楼。我有些诧异，在街上反复走过，用脚丈量，用眼测试，用心计算当年那幢三层楼房的空间坐标。虽然还能大致确定其位置，但要向人说明那地方曾经住过一位伟大作家，曾经诞生过一部文学名著，却难上加难了。巴金旧居再无一点踪影。

有人说我们这个民族习惯遗忘。又说重庆人尤其追求时尚，隔三岔五地总要折腾一番，恨不能把自己的家翻个底朝天，直到把过去的印痕通通抹掉。那一刻，望着周遭仰之弥高的一幢幢新楼，我突然有了一种切肤之痛。我担心有一天会突然失去记忆，面对我哥哥和从前的邻居，以及那些被网络游戏抢去很多时间的孩子们，我会想起点什么，但绞尽脑汁却什么也说不出来！怎么办？我努力想抵抗，努力想着如何不让担心变成现实。能想到的办法只有一个，追随先贤的足迹，老老实实地重新踏访这座城市、这条街。然后记下潘虹拍《寒夜》的那幢旧楼及其周边的老同兴、裕和彩、依仁巷春卷、刘玉堂膏药。记下冬天的炒米糖开水，夏天的酸梅汤，还有熨斗糕、梆梆糕、担担面、豆腐脑。记下官兵捉强盗以及重庆剧场的川剧锣鼓等既属于我们，也属于巴金的民国路故事。哪怕只有那么一点点。

新华路上的时空穿越

张老侃

古代重庆城是个啥模样？这是个很有意思的问题，看不见摸不着，不少人在思考。能有张导游图吗？有，但这里不说图，只说一句话："七里三分半，三观不出城，三山城里头。"

大梁子划分上下半城

民谣流传于明清朝代，于今听来如读天书。这"七里三分半"是什么意思？当然是指距离。当初的重庆城很小，只限于"开九门闭八门"这个城墙圈圈内。（通远门到上清寺的马路，1929 年才开通。）从东到西，城圈有两个出口，即朝天门和通远门。路线该如何走呢？照今天（2012 年）的街道，从朝天门绕节约街有两条马路，呈 U 形。而在一两百年前，节约街所在的地方，是座气势巍峨的道观：朝天观。这朝天观乃是城民百姓集会的地点，也是历来重庆府的官员，到朝天门"迎官接圣"候船的地方。

"观"是道家的寺院，或称宫、洞天。佛教称庙。旧重庆有"九宫十八庙"之说，言其庙宇众多。据记载，民国初期的重庆城内，就有朝天观、东华观、复兴观、五福宫、长安寺，以及至今仍然存在的罗汉寺等，达 40 多座。有山必有寺。山门即寺门。朝天观、东华观、复兴观，称作"三观"。第一山、金碧山、太阳山，称作"渝城三山"。宫、观、庙和山峦，林涛松风，农家小院，形成旧时渝中半岛独特而绮丽的风景。

半岛地形南高北低，南面临长江高处，是一长溜铺青石板的大路，称大

上清寺北望
2019.9 LaJ

梁子，也即是今天的新华路。再南面坡势陡降，是下半城了。从地形看，大梁子是渝中半岛上一条山脉，东起朝天门，西连枇杷山、鹅岭、虎头岩、平顶山，被称作重庆城的天际线，又称龙脊。大梁子处在龙脊的前端，是上下半城的分界线。今日衰落的下半城，在明清朝代却是烟雨楼台，车水马龙，极尽繁华；而今天以解放碑为中心的上半城，当初尚处于荒山野岭的“原生态”，山峦树林，小桥流水，寺庙林立。

漫步新华路，好像踩着大梁子的石板路，顿觉时光飞逝，岁月沧桑，仿佛是穿越到明清。是吗，方才还在节约街的朝天观坐了会儿，这时来到新华路东端起点：长江索道北站。冥冥中我看见有“第一山”（长安寺）巍然耸立。再走，来到邹容路与新华路交叉口，近旁的人民公园，出现了美丽的金碧山。继续前行，过太阳山，穿较场口，走和平路，登上城内最高处的五福宫，下山便是城西端尽头的通远门了。啊新华路，啊大梁子！算一算，走了有多远呢？从现代走进明朝，从朝天门走拢通远门，里程正巧“七里三分半”。

飘香的山，叫宫的观

穿越新华路，来到邹容路正对的人民公园岚垭口，似觉幽香阵阵，冥冥中仿佛有座山峰矗立着。此山夕阳涂抹如金，名金碧山。清乾隆巴县知县王尔鉴，选定巴渝十二景时，站在此处忽觉清风徐来，暗香扑鼻，四处张望却无草木花开。当下定为十二景之一：“金碧流香”。王知县是个浪漫诗人，他见金碧山向北流到嘉陵江一侧的小溪，有仙女与渔郎相见的会仙桥；走拢洪崖洞，又见水流潺潺似玉，诗兴突来，提笔又命名一景：“洪崖滴翠”。是的，金碧山不可小视，不但是飘香的山，而且是明清两朝在重庆的政治中心，山下，正中是巴县县衙，左边是川东道衙，右边是重庆府衙，如此弹丸之地，集中了当时的三级政权。

今天保留下来的通远门城墙遗址，路段属和平路，与新华路不搭界，然而路基下同是一条大梁子。历史的根基是相同的。就在通远门右侧，是五福宫。

五福宫是道家道观，依山而建，海拔 280 米，当时是全城最高处（枇杷山当时在城外），登五福宫以俯窥渝州城，如同今天上一棵树看夜景一样，成为古时重庆人的喜好。民俗以长寿、富裕、康宁、好德、善终为五福。而道观、道宫、道院含义相通，故不称观而称宫。

苏东坡题写“第一山”

长安寺很文学。民国四大才女之一的萧红，1939 年 4 月旅居重庆时写下散文《长安寺》：“庄严静妙，这是一块没有受到外面侵扰的重庆的唯一的地方。但我突然神经过敏起来——可能有一天这上面会落下敌人的一颗炸弹。”不幸而言中，就在此文完成后不到一个月，长安寺便在日军的大轰炸中毁于一旦，只留下一个地名可供缅怀。而在古寺原址上新建的，正是今天的重庆 25 中，以及一旁的长江索道北站。这里是新华路东端起点。长安寺建于北宋神宗年间，香火鼎盛，山门处有一高大牌楼，牌额上书“第一山”三个大字，墨迹苍劲潇洒，相传为苏东坡真迹。因此长安寺又被称为“第一山”。

风云啸聚朝天观

长安寺有名，但这三个字在人们的记忆中逐渐被淡忘，而朝天观三字，在现在和将来的史书中，明显确记载着，因为它是辛亥革命在重庆最有意义的纪念地。

1911 年即清朝宣统三年，辛亥年。这天，以杨沧白为首的革命党，联合新军和袍哥，造反举事成功；川东道道台朱有基弃印逃走，重庆府知府钮传善，巴县知县段崇嘉，被迫缴印投降，并被剪去发辫。全城民众挂出“汉”字旗，欢呼清王朝的覆灭。这天，是 1911 年 11 月 22 日；地点，在大梁子这条“龙脊”之上的朝天观。

漫步新华路，脚踏着大梁子山梁上的石板路，走朝天门，朝天观，长安寺，金碧山，五福宫，通远门，自东向西由现代进入清朝、明朝，由 21 世纪进入 18 世纪。重庆人游重庆，玩穿越，别是一番美妙滋味。恍惚间似见一老者走来，长袍马褂，后脑勺吊一条齐腰发辫，手提灯笼，蹒跚脚步，口中念念有词：“七里三分半，三观不出城，三山城里头。”

放牛巷的“春天”

李成琳

霜降未降。太阳照样升起。待我步行至通远门老城墙下的时候，深秋的上午，已是轻汗弥漫恍入阳春。

突然就想起城墙近旁的放牛巷。久违了的放牛巷，在霜降之后难得的秋阳里，独自踏访。

放牛巷 23 号，有一个叫“槐庵”的地方牵引着我。

都是绿荫匝地安静又干净的小巷。穿过至圣宫的青石巷道，跨过横亘串联的火药局巷，放牛巷便清清爽爽地呈现于眼前。

“放牛巷”蓝底黄字的路标立在一所学校的门前。记忆里的“放牛巷小学”已变身为“金马小学”，新校名与新校门和巷子里的高楼一样突兀而陌生。我搜寻了半天，才在巷口一逼仄处发现老旧的原校门，黑底蒙尘的“重庆市中区放牛巷小学”被一块鲜亮的“严禁停车”的标牌拦腰截断，遮蔽掉的恰恰是“放牛”二字。“金马”在前，何须“放牛”？

好在巷子里的绿荫犹存，老树新枝，浓密葱郁，即便有三五蓝红布衣悬挂树上，似乎也无碍那份俗世的如常。路边那间朴素的“来早点”小食店，一位瘦削的老者安坐桌前，慢慢地品尝着自己来晚了的早点，抬眼便是老榕树的长须，在阳光里静默。

绕过那棵老黄葛树，沿左侧那条小路进去，便看到高楼夹缝里的两排老房子，青砖木门，灰墙黑檐，镌刻着岁月的沧桑。一户户看过去，放牛巷 15 号，16 号，17 号，18 号，19 号，20 号！却没有我要找的“23 号”！从小院里走出来一位中年女子，一边晾晒衣物一边回答我的询问：“放牛巷 23 号已经没有了，一直到40多号，都变成高楼了……”

怅然地回望那稍显凌乱却安静的老屋，23号曾经的“槐庵”应该有与其相类的气质吧？从老屋小巷慢慢地走出来，触目皆冷硬而利落的高楼，楼前花圃里杂乱地生着一些小树，一棵桂花树特立其间，虽然桂叶蒙尘，桂花却依然散发着芬芳。

淡淡桂花香里，脑海中浮现出一幅幅20世纪80年代摄于“放牛巷23号”的老照片——

春阳下老屋前的那幅合影，“槐庵”主人、天风琴家张孟虚（1895年-1993年）老先生白发白须、身着蓝色中山装、神态慈祥地坐着，站在他旁边的是黑发红衣的天风女琴家杨清如先生，后面站着的两位后生，据说是来自成都的琴人，阳光抚照在老屋暗沉的墙上，也抚照在他们沉静的微笑里。

老屋内张孟虚先生的抚琴图，背景是贴着蓝色花纹的木窗，左侧是一幅画着秋菊的中国画，暗红色的古琴，张先生一脸沉着地抚琴。

还有两幅吹笛吟唱图，也是在老屋内，孟虚老先生捧着厚厚的乐谱吟唱，后面站着的男子握笛而吹，近旁的桌上有一床黑色的古琴，窗外有阳光射进来，让斑驳的墙上有了风光，让两张专注的面孔有了光彩。

还有一张孟虚老先生呵呵笑着的照片，也是在这间老屋，与之合影的是著名琴学家唐中六先生，同样呵呵地笑着。那时候的唐先生非常年轻，以致我看到照片时完全没认出他来。待我将照片发给他询问这“后生”姓甚名谁时，他哈哈笑着说是他自己，20世纪80年代末，他为了《巴蜀琴艺考略》的书稿专程从成都过来访问张孟虚和杨清如两位先生。不知道他们当时聊到怎样开心的琴事，而留下了这张灿灿笑影。

……

除了这些照片留存的片段，重庆琴事，尤其是中华人民共和国成立之后的那些“重量级”琴事几乎都与放牛巷23号的“槐庵”有关——

20世纪50年代，有两位国家级的古琴大师先后来到重庆，都在“槐庵”留下琴韵与佳话。先是琴界领袖查阜西先生携中央民族音乐研究所调查组做全国琴人调查来到重庆，重庆琴人相聚“槐庵”，查先生一曲《潇湘水云》，极尽大雅中和之妙；杨清如先生一曲《忆故人》，深情内敛，哀而不伤；张孟虚先生一曲《鸥鹭忘机》，含而不露，淡而有味，都让“槐庵”雅韵余音缭缭绕梁不绝。其后不久，著名古琴大家吴景略先生访渝，琴人们再聚“槐庵”，相谈甚欢……

“槐庵琴会”从民国延续至“文革”前夕，20世纪80年代时有恢复，琴人们雅聚于此，畅抒琴怀，切磋琴艺，彼此将自创、自奏的得意之作，供诸同好。花晨月夕，情盛意浓，放牛巷的“槐庵”因此成为重庆古琴不可或缺的重要地标。

近日走访张孟虚先生的儿子张纪民、儿媳谭扬，又与其远在大洋彼岸的孙女张卉电话联络，通过他们的讲述，再读他遗留的“槐庵琴谱”后记里的文字，我看到“童稚时性嗜音律”的张孟虚，近而立之年游学“北雍”（指北京大学），“文课之余，在北大附设音乐传习所选修国乐，受教于江阴刘天华先生，拨弄鲲弦……”

刘天华先生乃著名音乐家，被誉为“国乐一代宗师”，张孟虚随其学习二胡、琵琶。在刘天华先生的音乐年表里有1920年“赴河南学习古琴”的经历，不知道张孟虚先生研习古琴是否与之有关，但他在北京大学音乐传习所奠定的音乐功底及修养，不仅为他漫漫人生路上所有与音乐、艺术相关的成就奠基，也为他的漫漫古琴路开拓了别样的风景。那一本本留存于世的“槐庵琴谱”，寄托了张孟虚先生多少柔和而铿锵的情怀！

莫名的想起一部法国电影《放牛班的春天》，那是一部关于音乐、救赎和爱的故事，扣人心弦。冥顽于“冬天”的“放牛班”的孩子因为音乐的浸染而迎来了“春天”，平凡如斯的“放牛巷”，不也因为张孟虚先生和他的“槐庵”而有了不一样的清雅韵致？

放牛巷的“春天”，是属于“为我一挥手，如听万壑松”的古琴的，是属于生生不息的高山流水和清风明月的……

放牛巷

回眸中华路

陈一

一站在中华路，人就迷糊。那些属于20世纪80年代的散乱气息，如零零碎碎的风刮来。混沌中，想起了吴抄手，想起吴抄手对面的铁匠铺。马路逼仄，一边是，搁在门前的那口温暖大锅，以及锅中慌忙奔走的肉香。一边是，一溜顺手动的木质风箱与旁边进进出出的魁梧汉子，他们的脸上，逗留了铁水一样的酡红。

吴抄手至今还在，肉的香气已不复再来。那些打铁的地方，改头换面，成了新潮的时装商店。往日铁砧的去处，如今悬挂着意大利的名牌。那些粗腰的汉子，也被轮流的风水，篡改成了摩登的女郎。

我不曾在中华路的上半段住过，一眼望不到铁匠铺，吴抄手的那一口香浓离我老远。好在自小不喜欢那种肉与面的混搭，亦荤亦素的兼顾，不能勾起一丁点儿的向往。我一出生就落脚在中华路的下半段——在胜利剧场旁边，巷子口正对了夫子池，一个叫作长胜旅馆的地方。

20世纪80年代初期，一个叫“中国城”的夜总会就在那里。据说当年挺火，每天都有演出。

夜总会鼎盛的时候，我离开了，再也没回去。直到有一天想去看看，那里已挖成了大坑，数十台重型机械一起开掘。巨大的钢铁，拼命朝下，发出动物一样的嘶吼。我背过身去，怕听到那个声音，它尖锐的部分，就像要在心里也挖出一个坑来。

原来的中华路，是一副穷酸的模样，破旧的木质小楼堆砌在一条并不笔直的路上。从临江门的方向倒捋，最早是这条街最阔气的建筑——胜利剧场。

剧场建于1942年，早年叫“得胜大舞台”。它沿大同路与中华路的衔接处呈圆弧状布局，有粗壮的石头门柱和高敞的拱形大门。那时读书的学校就在对面，天天从门前经过。里面隐约有嘈嘈切切的丝弦声，趁大门口无人把守时，便会溜进去看一段那种公演前的彩排。那个时候，演员也不认真，有彩妆的，也有素颜的。有穿了各式行头扮了全套的，也有上半身戏装，下半身敷衍一条运动裤的。记得有个戏叫《柯山红日》，解放军与叛匪对战。饰演匪兵的演员，从搭建好的高台上一个个地往下翻筋斗。刚恢复商演，手都生了，极不娴熟，有摔了四仰八叉的，也有把木质枪械磕为两半的。那情景让人笑痛肚皮。

过了胜利剧场，是一个修鞋的铺面。面积四五平方米，层高不足两米。小店晦暗，无物不黑，浑噩中能看见门下有木板滑动的凹槽。鞋匠姓蒋，儿子是我同学。蒋师傅补鞋和钉掌的技术，在城里堪称一流。一街的人都光顾他的生意。此人斗字不识，少言寡语。习惯把一副花镜架在堆满浮油的鼻尖上，蹙紧了眉，憋红了脸，攥一把金属榔头，在一架丁字铁上卖力敲打。我那时小，稀罕那种声音，没有理由地靠在一大堆镶拼的门板上听他演奏：叮当、叮当……那音律简单、干净，没有杂色，一声黏着一声，走心，入骨。都过去了40多年，还萦回于耳，经年不衰。

过了修鞋铺，就到了中华巷的巷口。那里有一个烧饼摊。卖者姓程，老烧饼了，据传1949年前就开始在卖。他行头巨简，没有门面，只有一块木板加一个烤饼的灶囊。摊子的上面用一块修补得花哨的塑料布一挡，就算妥帖。我一早上学，拿了母亲给的钱和粮票，正好够一个烧饼。程烧饼见我长得稚气，总要东挑西拣，找一个大的。我拿了烧饼，不急于离开，捧在手上，看他一个一个把饼送入灶囊。先用冷水，黏湿手心，轻轻拿过饼状的面团，左右来回地拍，噼啪乱响，然后躬了身子，提了脚尖，手法轻灵地将饼贴入囊中。那个姿势，真是优美，如一种舞蹈。如果不是同路的同学提醒，我会一直傻看。看他和面，擀面，浇泼菜油。兴之所至，还要用擀面杖敲击木板，乒乒乓乓，迸发出一些凌乱的鼓点，像一首轻快的打击乐，闷脆、悦耳，振聋发聩，非常诡异地还会在若干年后的梦中回荡。

中华路上最值得记忆的是姓周的老胡琴店——一个中年男人是一大帮女儿的父亲。他的女儿个个长得花容月貌，其中一个与我同校同年级，却不在

山城栈道之二

一个班上。但这不是我记得起来的理由，我始终忘不掉的是她家那扇很旧的橱窗，木质的边框，布满尘垢的玻璃，还有玻璃后面一个男人佝偻的影子。橱窗很小，只搁下两把二胡、几张蛇皮和几缕丝弦。橱窗毕竟通透，一览无余，在我们看见那把二胡的同时，也看见了一家人的生活。记起傍晚时分，人们开始做饭，郫县豆瓣和骨头汤的滋味从沿街的窗口里散播出来，与一把老二胡叽叽呀呀的弦音相遇。等候宵夜的街坊邻居，正张开了胃口，在慢吞吞的时间中，不经意地拾掇起一些时而消匿、时而绵密的琴声，而心律也随了起伏，一丝一丝地颤抖和痉挛。

我 1963 年在中华路上出生，到 1983 年离开，整整 20 年。从大梁子到民权路，从实验剧场到胜利剧场，一条歪歪扭扭的路上，有多少苦涩的行走和古怪的沉思。多少孤清、寂寞的影子被刻画进中华路上偏偏倒倒的夕阳。哪里有一口顺溜爽滑的小面，我如数家珍。哪里有一台稀奇古怪的把戏，我倒背如流。在某一天到来的时候，我会消失。在那个红脸汉子的后面，有一个妖冶女郎袅袅婷婷地向我走来，陌生的对视，透着冷傲，让我从骨子里开始慌张。

中华路，看着我弃城而逃的背影，再不屑于我的故事。

再次地从吴抄手门前路过。我发现，崭新的仿古大门上又有了新漆的剥落。好在霓虹的光影，平添了新的妩媚。吴抄手，虽一副极尽豪奢的模样，却怎么也无法模拟昨日的气度。对面的时装商店，又换了新鲜的马甲，模特的衣着，有意无意地显摆出酡红。城市在奔跑，阒寂的黑夜后面，唯有一颗生长了 50 年的内心，依然陈旧。再见，中华路，我把我的爱隐藏，只缘你，已盛装地改嫁他人。

可爱的花街子

曾宪国

花街子是一条街的名字，是一条处在储奇门与南纪门之间的背街。它在十八梯、厚池街、凤凰台、守备街、回水沟这一片街区中显得很短，短到吸几口烟，烟子还没在嘴边消散就已走完。即使这样，住在这里的我们，还是把这一片统称为花街子。其实，我们都晓得那些街的名字，都清楚每条街的分界线在哪里，但就是习惯这么喊、这么想——花街子。不仅我们这样，连一些做生意的机构也这样，例如十八梯农贸市场，它不在十八梯，却在花街子；南纪门劳务市场，它不在南纪门，却也在花街子。这是明显的地域概念和街名的混淆。为什么会出现这种差错？我觉得是这里的人们在有意为之，是想用花街子去包容、涵盖这片街区。因为花街子在这片街区中最繁华、最热闹。这种繁华和热闹又不同于上半城。上半城多见洋气，而这里的却是俗。但恰是这种俗，透出生活的真实，过滤去不少虚伪的成分；恰是这种俗，烘托起满街浓得化不开的市井气。原因就在这里，不是人们有意为，是浓得化不开的市井气，把这一片街区润浸得分不清彼此。

现在，这一片在旧城改造。据说，将全部拆除旧房，新建成仿明清建筑的旅游休闲街区。这里有不少老屋、背街陋巷，是几十年来从未彻底修建过的地方。旧，是跟历史紧贴在 起的，融入了人们的认识积淀、风俗习惯。在现实生活中，人们观赏物品，总爱选择旧，因为它跟过去有着某些关联，存储着人们不愿忘却的记忆。但人们使用物品，却又喜欢新，这是人的天性。新与旧是一对矛盾体，依附在事物中让人难以抉择。因此这消息，叫我高兴又令我恐慌：高兴这里的居民要住新居，恐慌焕然一新之时又将会丢失些什么。

在花子街中段的杏林中学对面，有家理发室，如今规模比 20 世纪 80 年代末开业时已扩大了许多。我一直在那儿理发，头发也由黑变灰白了。在那儿，我只认一个熟悉的理发师。最初黑发开变的时候，我问他变了多少，他淡淡地说才几根。过几年我又一次问，从对面镜子望去，他用手拈起我的头发，仔细观看一阵，考虑着说百分之三十。到了这一两年，我根本不问了，从剪下来的断发就能看出百分比。我虽不是这里的原住民，但因工作调动住进这里也 30 年了。如再往前算，从我当外线电工顺着电线走街串巷认识这一片，更是近半个世纪了。我熟悉这条街，乃至熟悉这里的每条小巷，晓得哪里有一坡梯坎、哪里有条沟，就像熟悉自己身体的每一寸肌肤；背得出街边的店铺哪家是卖什么的。即使行色匆匆的人从我眼前闪过，也会逮住不少熟悉的面孔。土耳其作家帕慕克这么说自己的故乡：“伊斯坦布尔的命运就是我的命运：我依附于这个城市，只因她造就了今天的我。”我借用这话也说给花街子：半个世纪哟，一块鹅卵石焐在怀里也能焐熟，一根木头也能焐出新芽，何况是生气喧腾的花街子，能不像有生命一样融入我命运中？

我周围的人，也说过这样的话：“硬是离不开花街子哟！”这些充满依恋之情的言语进入我耳中，掂不出语气中有半点矫情。在电梯间，在小区，同事相互碰见问到哪里去，多半回答是去花街子，或买东西，或逛逛。人们真实地跟花街子结下了不解之缘。花街子的街面不宽反而显得窄，两边摆着卖东西的摊子，时不时还会驶过出租车和摩托，即使这样，路人仍悠然穿行其间。街面上的房子，式样不一，有年代久点的穿斗房，有时间近点的红砖房，高低参差，陈旧而真实，给人原汁原味的感觉。在我眼里，这片街区是重庆主城区最喜剧的地方：真货和山寨品摆在同一个摊子上；雅的和俗的物件被老板同时吆喝叫卖；严肃的和轻佻的玩意同时显现在顾客的眼前……生活日用杂货，蔬菜水果副食品，杀鸡杀鸭剖黄鳝，烧腊卤菜豆花火锅，旧货市场麻将馆美发厅录像室客栈浴室按摩室医馆，凡让人想到的有，想不到的也有。即使现在的我，每次走进这里，心头都会生出闯进了一个看不透究里、摸不到边际世界的新奇。我甚至认为，行走在这条街上的每个人，在身份上都是一般高。可能是我眼拙，看不出有身份的人会行走在这条街上。引车卖浆之流似乎是这条街永远的主人。我这样说，并非贬损。《百年孤独》的作家马尔克斯也曾用不同的文句表达过相似的意思：“闭门码字并不比鞋匠制鞋高明多少。”大概这也是构成了与上半城不同的民俗。我还会觉得：来闯重庆城的乡下人都聚集到了这里。那些找活路的乡下人，远天远地赶来这里的劳务市场，举着介绍手艺的纸片，神情各异地等待雇主的到来。在这里，可领略各地方言的妙趣，听人把“钱”说成“情”，把“线”说成“性”，等等，如果按照这种发音，把句子有意组织一番，就会得到让人捧腹的效果。因为这些，切莫以为这里治安就混乱。我住这里几十年，真还少见这里发生斗殴。即使有闹纠纷的，旁边就会有人劝：“何必呢，都是来找钱吃饭的，习点德性，和气生财。”一听劝，先抓扯的就会松手，吵架的就会收声。在这纷繁复杂的表象之下，自有一套法则和秩序在默默地发挥着约束的力量。

其实，这些与我真实的生活并无直接的关系。那些人的喜怒哀乐，也不会在我真实的生活中掀起旋涡。但是，我写了一部小说《门朝天开》，这似乎又跟这里的一切有了某种默契。书中的环境和人物，他们都来自花街子。不过，作品中的街已超越了现实的街。它更广泛、更含蓄，充满了幻觉的色彩。书中的众多人物，在现实的花街子可能有他们身影的闪现，只是无法看清他们的面目。

我可以坦然地对着世界大声地说：“我喜欢俗得可爱的花街子。”看来，我也是俗人一个。俗与雅是相对而言。其实，人间飘出的烟火，无不透出俗的味道。由此说开来，是人都难以脱俗。这样一想，我也就心安理得了，每天仍能悠哉游哉地逛花街子。

我爱花街子，花街子的魂已注入我生命中。在花街子的原貌即将消失，新的花街子诞生之际，我知道了我恐慌的缘由：怕她的魂从此离我而去，消失得无影无踪。那时，我生命中是否将出现残缺，深夜的梦里，还会不会再见我花街子世俗的景象，再闻我花街子暖心的喧腾？

邮局巷的记忆

蓝碧春

第一次去邮局巷昆的家，是随好友小美一起去的。我那次当了“电灯泡”。

邮局巷离储奇门不远，一条曲里拐弯的窄窄的小巷。穿过小巷，天地陡然亮堂：一道城墙横在眼前，一条大江流在脚下。江边，密密匝匝的船儿紧挨着，除了大客轮，货轮，还有数不过的装运蔬菜沙石和粪便的大小木船，熙来攘往，溢满人间烟火味。隔江望去，烟云朦胧中的海棠溪像蓬莱仙岛一样飘浮不定，宛如一幅水墨丹青画。这邮局巷里藏着大乾坤呢。

昆笑嘻嘻地将我们迎进了一座大宅院。

南开的大朝门，高耸的照壁墙，对仗的东西厢房，依稀可见这座院子早年的奢华。

这里住着十几户人家，昆一家住西边的一间厢房。狭长阴暗的房间里摆着三张床，靠里边的一张大床拉着布幔，那是昆的父母和最小的弟弟的，另两张床分别是昆的两个妹妹以及昆和二弟的。昆一家还在院子里搭建了一间厨房，人心里都明白，谁先结婚谁就占据厨房做婚房。

昆父有几分严肃，但说话和气。据说这位港埠码头的吊车司机工作出色，受人尊敬。

昆的母亲面相和善，低眉顺眼，但精明能干。那天中午，她捧出的面条香气扑鼻，面条上浇盖了一大勺金黄油亮的炸酱！那个年代猪肉供应紧张，真不知她用了多少心思。

昆的弟妹们热情真诚，尤其是小三子，浓眉大眼，虎头虎脑，围着我和小美一口一声“大姐姐”，可爱极了。

出得门来，小美急问：印象如何？我说：“公婆善，小姑贤，郎君一表人才。小美你眼光不错哟，赶快嫁了吧！”

小美羞答答低下头：人家这么相信你，你还取笑我。语气透着满满的幸福。

小美和昆都是我的同事，同在明月沱三线建设基地工作。一天，小美脸色苍白地跑来对我说：“昆家大祸临头了！”原来，昆的母亲在一位部队老首长家当保姆，偶尔得到一张缝纫机票，就把票转送了一位邻居。其他邻居闻讯纷纷找上门来托她买缝纫机，并争先恐后把钱塞她手上。后来，缝纫机没买着，钱也没退回，愤怒的邻居联合起来到有关部门将她告了。

我愣住了，怎么出这等事？昆一家在那大院怎么抬头！

小美低头垂泪，说昆的父亲一夜白头，四下借贷还清了邻居的钱，但昆的母亲还是因诈骗罪判了 3 年劳教。

有人劝小美别蹚浑水，赶快离昆家远远的。小美说她心里乱极了。她说，打死我也不敢相信，昆的妈妈是个坏女人。从没见她吃过一口好吃的东西，好穿好戴的也尽顾着丈夫儿女。不过……

不过什么？在我追问下，小美说，她见过昆的妈妈为她和昆置办的结婚用品，双铺双盖簇新的，软锻被面绣花的。不知那钱从何而来？

“是你张口要的吧？”小美瞪大眼睛：“别冤枉我！我发誓，我没向昆家要丁点东西。我看上的是昆这个人！”

我说，好！按自己的意愿办不就行了。小美眼里闪过一道亮光。

昆家接连出事。昆最小的弟弟小三子在家门前的长江游泳，不幸被水卷走。昆的父亲受不了打击，一病不起。临终留下遗言：是昆的母亲害死了小三子！是她拆散了这个家！从今以后不准她跨进家门一步！

昆的母亲释放那天，弟妹们准备去接母亲回家。昆一言不发，不置可否。

弟妹们没有接回母亲，也没见着她的面，只带回一封信。信中说：妈对不起你们兄妹，让你们蒙羞……没有了你们父亲和小三子，我守着那屋还有啥意思？我已经习惯了劳教所缝纫厂的生活，吃穿不愁，就不再打搅你们了。但妈的心里无时一刻不在想着你们，想着小三子，每天都在为你们祈祷……

弟妹们长大后各自成家离开了邮局巷，昆和小美一直留守在老屋。

昆常倚在巷子外的半截城墙上抽烟，打望。小美悄悄告诉我，昆在等待他的母亲。

有一年冬春之际，传来昆的母亲去世的消息。昆很快搬离了邮局巷。

对昆来说，邮局巷那一页翻过去了。

永远的十八梯

李显福

不管历史怎么变迁，十八梯始终如一条暖融融的河，在我心中流淌……只要一闭上眼睛，它就在眼前出现：鳞次栉比的楼房、上上下下行色匆匆的人流，嘈杂的市声……

在我的记忆里，十八梯，从较场口平街面向长江的路边——那个被封闭着的神秘的防空洞顶上的左右两边逐级而下，然后会合成一条不少于四十五度的石梯路，一直弯弯曲曲地在两三层、三四层的吊脚楼，捆绑房，穿斗房，散落其间的 20 世纪之初的西式建筑，以及苏联风格的砖瓦房等中间穿过，直到厚慈街和守备街的交汇处。朝右边厚慈街方向经凤凰台，过解放西路，就可直接下到长江边。它似一条瀑布，从较场口倾泻而下，在楼房的群山中左冲右突，最后归于长江……百年以来，当自来水还没有充分满足或者有自来水但手头不宽裕时，这里的人们大都还是到长江边去洗涤衣物。外婆就住在与十八梯交接处的厚慈街 112 号，我曾经跟着大人细娃儿一道去河边玩耍，捡鹅卵石打水仗……

这是一条繁华的石梯路，路两边的小摊小馆络绎不绝，一直延续到那个防空洞边。封闭的防空洞，一直封闭着老一辈人血泪的记忆：1941 年 6 月 5 日，日军对重庆实施轰炸，出动了二十余架飞机，从傍晚开始分数批夜袭重庆，空袭长达三小时之久。附近的人们纷纷涌进这个防空洞避难，人数超过了限定容量，加之通风不畅，二千五百人在洞内窒息死亡，酿成震惊中外的“较场口大惨案”，又称“六·五大惨案”。每次走到这里，我都要在木栅栏门前伫立一会儿，一是歇息，一是猜想：那里面是个什么样子？

从上到下，从下到上，在这条弯曲的坡度极大的河流里，我不知游走过多少遍。小时候，还老老实实地走一步数一步，妈呀！哪里才十八个石梯？好奇地听大人说过，也许是在明朝的时候，居住在这里的人们吃水要去长江里挑，爬坡上坎，水桶晃荡，一挑水最后只剩下半挑，人却累得不行。后来，有智者在这半山坡四处寻找水源，终有收获，于是凿了口水井，供周围的居民饮用。水井距离居民的住处恰好十八步石梯，于是“十八梯”代代相传。后来居住的人逐渐增多，住处也日渐扩散、变远，大大超出十八、二十八、三十八……了，但大人细娃、前辈后辈仍以“十八梯”叫之。由此考究，这里应该是长江半岛上最早居住“重庆人”的地方之一。有人把这里称为“重庆母城之母城”，从某种意义上说，是有道理的。

“好个重庆城，山高路不平。爬坡又下坎，气都出不赢！”到如今，我对这首从小就记住的歌谣感受特深。儿时，从十八梯分岔处的厚慈街头一次次地从这一级级石梯上爬到较场口，爬了一会儿，就累了，嘴里喘着粗气，额上冒着汗水，每往上走一步，都要用幼小的左右手分别下意识地按一下膝盖，再朝上迈一步。同时，眼睛总是左右打望：路两边摊子、馆子摆出的吃的、玩的，花花绿绿，目不暇接，特别是那一个个透明玻璃瓶里的彩色糖果、细竹篾编的小簸箕里盛的五彩寸金糖、芝麻糕、米花糖……多想大人给我买那些东西啊！大人总是说，“那些东西，哄人的”，或者“明天买”之类。直到成人后，直到今天才明白，任何一个大人都永远无法满足孩子的欲望，因为不管任何时候，诱惑孩子的东西总是太多太多。物质匮乏时，没能力满足，如今物质丰富时，仍没能力满足……

回首过往，十八梯两边花花绿绿的东西没有影响我，倒是较场口到解放碑的民权路口那个“颗颗香”炒货店，铸成了我一生丢不掉的嗜好，至今每天必吃。当初，每次经过“颗颗香”，那颗粒饱满、白中带黄的花生发出的香味都使我馋涎欲滴，但不敢要大人买。上中学了，我常把节省下来的零花钱放在口袋里，爬上十八梯，偷偷地把零花钱拿去买几两炒花生，藏在书包里，没人时，悄悄地剥一颗放进嘴里，闭着双唇，慢慢咀嚼那一碰即碎的花生仁，香味在口中弥漫，唾液顿时涌出，嚼烂后，不忍吞下，就让其在嘴里慢慢咽，享受无法形容的愉悦。这成为我最大的快乐，并由此养成了与花生不离不弃的癖好，直到如今。后来，那个养成我嗜好的“颗颗香”没有了，另外的店子卖的炒花生，我怎么也吃不出当年的味道了。

再有就是跟风买运动球衣球裤，非长江文具体育用品商店的不买。就只有爬十八梯到民权路上的那个商店给同学们买需要的用品。我们篮球队的背心、运动裤，不但是我去那里购买，还在那里让一个师傅为背心油印上球员需要的号码。看了他的操作，后来，我也依样画葫芦，找来纸板，写上美术字，镂空，买来类似印泥的油漆，自己在背心上印字……

到四川日报社工作后，报社派我到重庆记者站。办公地点和家就在解放西路 66 号的一栋楼里，和外婆的住家不远。每天出去采访，不是走凯旋路，就是爬十八梯，到了较场口再赶公共汽车到采访地，回家时要么在石灰市农贸市场，要么下十八梯经过分岔处的守备街农贸市场买菜。有一段时间，较场口下面十八梯左边有一家改革后新出现的单位，很具新闻性，我曾多次经过守备街转向十八梯，一步步走到那单位采访。一来二去，就熟悉了，有时路过，见有人，就去歇歇脚，喝口水，再走完最后的石梯，进入较场口……

一年又一年，一代又一代，这里的幼童成了青年，青年成了中年，中年成了老年，老年走进了极乐世界，可是十八梯依旧。它的一步步石梯被数以万计，乃至不可计数的孩童、青年、中年、老年那一双双沉重的脚磨得凹凸不平，簇拥着它的那一栋栋吊脚楼、捆绑房、穿斗房等在经年的风雨剥蚀下走进了老年，但它仍如一条河流，不，如一条瀑布从较场口处封闭的防空洞顶上垂挂在那不变的位置。

城市的繁华随着岁月的流逝而变迁，多少年，这条路都是连接下半城、上半城的一条交通要道，不说居民的来来往往，单是送货的、担水的、卖菜的贩夫走卒就络绎不绝……时序更迭，如今，科技昌明，交通便利，商贸发达，思想变迁，过去的岁月促成十八梯当年繁华的那些元素，不少已经退出了历史舞台，“昔人已乘黄鹤去，此地空余黄鹤楼。”十八梯该是与时俱进，变脸换装的时候了。

几年前，有关部门就开始了对十八梯的改造，但愿改造后的十八梯还有着十八梯的魂，十八梯的精气神。而不是像不少地方的旧城改造，完毕了，那些过去回味绵长、耐人咀嚼的地方，却消失了，尽管还叫那个名字，却没有了我们世代植根于此的特色文化！

但愿十八梯不会！它如一条奔泻的神秘的河，永远流淌在我心中。

十八梯

无眠的秉烛

刘夏

前些日子偶受风寒，入夜常咳声起伏，不能安然入睡。某一日见窗外微云淡漾，清远的月色把十八梯附近照得澄明又迷离，很有几分好看，反正也是辗转难眠，索性披了厚衣出门，周遭漫无边际走走。

我在附近一片小树林的石凳上坐下，树林里弥漫着清新的草香气，露水潮湿着每一片叶子，一切沉浸于静谧中。夜色吞没了那些野花的存在，我看不到她们的表情和生动的摇曳，她们和风缠绕在一起，在夜里潜伏着，这个时候多么需要一盏灯。

树林被黑夜毫不费力地染上一层寂静的颜色，在寂静得有些心慌的情形下，我发现一只小鸟从路边电缆线飞落至高大的竹树枝上，一番张望后，又从树枝飞向石板路，它仿佛看见了我，啾啾鸣了几声，甚至壮胆往我坐的树下踱了数步，最后停在低洼处的葵状植物上；鸟的影子在灰蒙的天地间漾起一股小小的黑色旋风，它是这个晚上神秘的行者。可惜，我不合时宜的咳嗽声吓跑了它。

我有点失落，因为我和那只小鸟才刚刚彼此发现了对方，却因为几声可恶的咳嗽闹得不欢而散，我除了错愕，还有心情寡淡。

还好，一小片竹林的及时出现解了围。有竹子加盟的月夜真是奢侈，青苔暗生，绵竹相映，月不掩色，古意徘徊，无来由的美，让人有些贪恋了。

很少一个人在冬天的夜里安静地在树林中发呆，若有所思。所以当这一片竹林在我视线中出现，修长的青翠的叶子层层叠叠地漫漶于半空，它带着点抒情气息，你无法用语言去梳理它在夜幕中的忧伤铺陈。我觉得与任何一

枚叶子相比，我都是拙陋的，轻薄的，苍老的。老觉得这一生好像辜负了太多的时光和可能。

独坐林间，我想，如果人还可以有植物属相的话，我的前世一定是一株树。一旦地理位置或者心理距离上远离它们，我心里便有一种说不出的不安和沮丧感。至于是株什么树，实在难以取择。

风吹树林，在枝叶的晃动中看到长江和对岸的南山，连绵不尽的山峦。

小疾未愈，夜里等待我的又将是断断续续的失眠。我想和自己较较劲，也许需要一个晚上，抛弃杂念，抛弃白炽灯光，来一次秉烛夜读，也算是一件挨费时间的好主意。是不是该回家了？不，白天再好，也勾勒不出夜晚的星月璀璨，如此归家过于草率；让这个夜晚变得舒缓，再收集些难忘的记忆也不迟。我想起不远处一个冒着城市热气，但相当陈旧的地方，离树林只有20分钟路途。还犹豫什么呢，启程吧，去往一条连接重庆上半城与下半城的通道。

老街满目的黄葛树，它们和低矮的瓦房拥挤地生长在一起，映衬着十八梯的半个天空，你完全分辨不清这些树是从泥土里长出来的，还是从平房石砖墙壁直接延伸而出。如此景象，差点影响到我对树木生长规律常识判断。浅黄、深黄、焦黄、墨黄，飘零在空中的落叶将各种黄色堆垒在一起，最后厚实温暖如一床棉被铺在居民屋瓦上，年生一长，很自然地成为房顶的一部分。这些略带焦虑和憔悴的落叶为十八梯徒增了几分沧桑感。

招贴画、老式裁缝店、吊脚小木楼，有些岁月旧痕，有些似曾相识，眈恋着这座山水之城。

夜里的十八梯笼罩在一种湿润、烟雾蒙蒙的意境中。这样看来，它的得名与此处有一口古井的旧闻是多少扯得上关系的。当然，长江江面的雾气越过滩涂，高楼，公路，来到十八梯爬坡上坎，也加重了这种雾气。

蓬枝密叶的十八梯老街看到这样一些人，印刷刻字的，做木工活的，开杂货铺的，理发吹头的，喝茶下棋的，围在路口电视机前的。月色还在他们身上蹒跚，在寒意久久不眠的冬夜，在这个充满了异想天开的世界，他们心里藏着一支小烛，足够映得他们自己内心纯净如初，简单从容，缄默如飘落在屋顶的一片落叶。

我在大树石阶下痴坐半个时辰，看被风拂动的树枝影子如何抵达对街的灰墙上，猜测半窗望月的几户究竟住着什么样的人家，思虑积在体内的冬寒何时才能消弭，直到老街也泛起倦意，空荡荡没剩几个行人，才动身回家，滚烫姜汤一盅入胃，胡乱吃些感冒药片，昏沉沉一觉睡去。

竹影拂地，繁叶不舍，青鸟低回，我终于拥有了冬日秉烛漫游的心境，但记忆河流会慢慢模糊，远去，这一夜会毫无征兆地于某一天早上醒来突然与我辞行，完全失去关联……

探访下半城

罗琳

一

有一次，某个朋友带我去一个叫作“饭江湖”的馆子吃饭。说是那个地方挺火。这馆子我从来没去过，就挨在长江边上，一旁就是湖广会馆。吃完饭以后，朋友问我：“要去看看东水门吗？”

老重庆城就是渝中半岛，九开八闭，说起来似乎人人都知道。然而我所看到过的却只有七星岗的通远门，城墙上浇铸着古代士兵的雕像，模拟一幅古时候交战的场面。其他如朝天门、南纪门、千厮门等，都只是一个个的地名而已。“门”已经找不到了，自然也踏不进它们曾经围起来的城池和历史。眼前的古迹竟然只有几分钟的路，当然是要去看看的。

这里是重庆仅存的古城门之一，曾经是老重庆城的正东方，从明代开始就存在了，因为临江，是古时重要的水陆码头。

然而现在滨江路将它与江水隔离开，滚滚车流从它身旁驶过，不再有挑夫旅人来往，踩着石头路来到或离开重庆，于是它沉寂下来了。

我们越过马路来到东水门，那已经是修缮过后的景象。走下去遇到的是崭新的石阶，但迈不到两步就是原来的老台阶。新台阶棱角分明，光滑坚硬，带着整洁的青灰色；老台阶圆滑又斑驳，泛着土黄色。横跨在两个台阶之间，就好像漫长的时光突然缩短，我们只需要一步就将从前和现在连接起来。

古老的条石一层一层地累积，还保持着数百年前被安放时的样子，但时光已经将它们的表面磨得凹凸不平。当我们从城门洞穿过的时候，在阴暗的日光中看到两侧墙上陈旧的凹槽和石洞。

“那是做什么的呢？”有朋友问。

“大概是安木门轴承的位置。”另外一个朋友说，她的口气是猜测的，时间太久，我们没有人知道正确答案。

穿出门洞，使劲仰头去看上方的石匾，那里早没有了任何文字，被经年累月的雨水洗得很平很干净。矗立在一旁的解说碑上的文字倒是簇新的，那上面清清楚楚地刻着这片古城门和城墙的历史沿革：

“东水门及古城墙建于明洪武初年公元一三六八年……”

我们在一层层的石阶上跳来跳去，看那些长在石头缝里的野草，还有从城墙上方穿出来、慢慢向下爬伸的黄葛的根；其中有些看起来很老很粗了，大概和我们差不多年纪，但跟古老的东水门比起来，都稚嫩得仿佛新生。

二

离开东水门回到饭馆背后，从一棵有巨大的芭蕉树的巷子口起步往打铜街走，旁边就是湖广会馆的围墙。芭蕉树和竹叶的绿色衬托着黄色的墙，在阳光下非常好看。

这条两米宽的小巷另一侧，是一排排老房子，从台阶走上去，很快就有一小片空地。一株巨大的黄葛生长在这里，树冠舒缓地展开，洒下浓重的树荫。我们贪凉，在这里多留几步。一位大爷坐在凉椅上扇着蒲扇，旁边的小凳上摆着茶水，他看出我们是偶然路过，很得意地说：“这里是不是很凉快？”

我们连连点头。

他用蒲扇指了指旁边的树：“它可比我还老呢！”

又指了指周围的老房子：“这里马上就要拆迁了，只剩下二十来户人家。将来这棵树也会搬到别的地方去，搬家的时候这些枝叶都要修剪掉的。”

我们仰起头，又一次看着这绿色的冠冕。

离开树冠的荫庇，我们在老房子的阴影中继续踩着阶梯往上走。周围非常安静，只有我们的说话声在黄色和白色的墙壁之间反弹。走了没几步，一幢两层的小楼把小巷子的路又硬生生挤窄了一半。低矮的屋檐和油漆剥落的大门，让它看起来跟巷子口那些即将拆迁的屋子没什么区别。

“它的屋檐很好看呢！”朋友指着大门上方隐约漏出的楼角说。我手搭凉棚，看见了青砖下的拱形顶和立柱上涂白的浮雕。再敲敲它外墙上的一块铭牌，招呼朋友来看。

“优秀近现代建筑，下洪学巷40号，建于1935年，砖木结构，拱形券廊、歇山顶、老虎窗，重庆开埠后的城市建筑。”

这居然是民国时候的代表建筑之一。

就这样隐藏在一条窄而幽静，并且因为拆迁和偏僻几乎难见人踪的地方，多奇妙。

其实想想，无知的是我们吧。这些曾经是这个城市里摩登的建筑，代表着匠人们从西方建筑里攫取的元素，并运用到重庆人的生活中。它紧邻着东水门，是此地昔日繁华的见证，也只有在对外商业往来兴旺的地方，才会出现新潮的中西合璧的房屋。

而在它的斜对面，则是湖广会馆的侧门——看门上的匾额“广东公所”，还有精美漂亮的浮雕都表明，在修缮以前，这里应是一扇堂堂的正门。

典型的中国传统建筑和曾经的“新式”建筑，就这样相距不到三十米，分别经历了自己最热闹的年代，然后又接连被替代，等着更新的建筑在身边诞生，或者是自己再次换新装，迎接又一个轮回。

“真想不到，”朋友对我说，“你看，我们以前还从来不知道有这样的地方。”

是的，我们一直都不知道。这一条已经搬走了很多居民、留下空屋子等待着旧城改造的小巷里，有民国的商用楼，有纯粹的中式建筑，再往前走，还有一个小学，一家客栈，一条长长的梯坎，一直可以走到打铜街。传说重庆是最早安装路灯的街道。

而那里还有20世纪30年代修建的交通银行旧址（现建设银行渝中支行）和川康银行旧址（现邮政局大楼），依稀可以想象从东水门开始一直延续到这里的繁荣景象。

我们从前不了解这一段路，就像我们并不真正了解重庆的母城，当我们带着新奇和惊喜的心情走过时，它只用一块青石板给了我们暗示。

那是在小巷拐角处的铺路石，上面刻着几个字：“山城第一步道”。

三

后来的某一天，我有幸比朋友们走得更远。

从打铜街往下走，可以来到望龙门。这个地方有一个考古工地，说起来重庆人多多少少都知道，那就是巴县衙门。

早先有些老人还能说出原来气派的模样，说是有三堂三进，设施齐备，周围还有许多茶馆戏台，是重庆城的中心——想来也是，衙门嘛，总不会是在偏远之地。它其实存在的时间很长，曾经保留得也算完整，但世事难料，一瞬间也可能天翻地覆，没有什么能永远保持原貌。

这座衙门比我想象得更加古老，听考古工作者介绍，目前发掘的遗址可以追溯到南宋。

如果不听讲解，我很难去注意这样一片如同野地一样的遗址：拆迁过后留下方方正正的地基，残留着几个贴了马赛克的石凳，远处有一个陈旧的高台式建筑，野草和苔藓爬满了一切可以入侵的领域，用绿色将它们包裹起来。

而在这一片绿色之下，从南宋就存在的砖墙静静地躺着。

它们曾经构筑成威武的县衙，后来又被普通百姓拆卸开来，为自己修建安身之所。几百年来，它们就逗留在原地，看着这座城市的变迁，并且默默地陪伴。

从高台上层层叠叠的砖块里，依稀可以看到其中某些砖上还残留着“淳祐乙巳，东窑城砖”“淳祐乙巳，西窑城砖”的字样；台阶下的角落里，曾经填装火炮的石弹仍然是规整的球形；那些已经残缺的排水孔道还能看见两侧的条石；在被改为民居的危房老楼上，精美的雕花依旧清晰可见……

考古人员告诉我们，其实这个遗址比我们现在看到的要大得多，从考古工地的围墙之下，穿过外面的马路，一直到街对面，都曾经是这县衙的占地。而在它的旁边，是明代在宋代遗址基础上又修建的县衙。

很少有人会从热闹的街道上拐进来，看这一片安静的遗址，也不会有人留意到金属隔离板上贴着的“考古工地”的字样。很多人其实生活在重庆城中，却有很多地方没有去过，比如我。

似乎不去也没有什么关系，一样地生活。

我曾听一个喜欢摆弄盆景的老爷爷说，假山上也可以种黄葛树，但永远

长不大，因为它的根没法扎进泥土，不能在泥土中生长，就不会变得强壮。

四

我也记不清自己是从什么时候才开始发现，我对自己所在的城市，有太多的疏忽。

芭蕉园一带的拆迁是为了配合东水门大桥的建设，这样从渝中到南岸更加方便了，而且轻轨六号线也会从这桥上过，那么从渝中到南岸最快只需要几分钟。

我站在东水门的老城墙下，抬头就能看到全新的大桥。爬满皱纹的城墙，就在年轻的大桥下面，如果是一个老人，那么他一定会觉得这个后辈太高、太强壮。与大桥平行的，是长江索道，站在东水门附近也可以看到。索道从26 年前就开始这么满载着乘客，晃晃悠悠越过长江。如果它是一个中年人，也会觉得这座大桥太雄伟，太难以想象。

在渝中半岛东边的这一小片地头上，好像就聚集着重庆古代、近代和现代的缩影，一下子撑得眼眶有些满。

时代的发展就是这样。它悄悄地、坚定地往前走，不会因为谁没有看见而为谁停留。它会让许多东西改变，也会留下一些东西。如果你不主动地去记住，它们就可能都风化在岁月中，一转身就什么都没有了。

第三卷

半岛和它的『江』

两江环抱的母城

莫怀戚

观赏两江环抱主城渝中半岛的最佳位置，当在南岸弹子石一带。那年南滨路贯通，我骑个自行车，迤逦潜行，远近张望。到了弹子石，驻足回望，一时大为感慨。

半岛之势俨然。如诸多文章所说的，像一艘巨轮。左长江，右嘉陵。长江幽黄，嘉陵淡绿。就在那一刻我有了一个重大的发现：长江是雄性的，嘉陵江是雌性的。这渝中半岛可不就是这两江的孩儿。是的，长江是父，嘉陵江是母。

这就是渝中半岛成为母城的道理：两江在这里留了一个根。其他地方如江北、南岸、沙坪坝、九龙坡，无论怎样扩展，都是对于这个根的围绕。

其实根据人类生存的理念，两江最先是作为屏障来思考的。最先来此的原住民首先考虑的肯定不是扩张，而是防御。所以有浮图之类的关，和通远之类的门。

重庆的母城就此渐渐成型，定根。

三国时期重庆属于蜀国。诸葛亮曾经派了一个——我们姑且称之为总督吧，来管理重庆。这位总督却是个有野心的家伙，想脱离蜀国搞独立。他经过勘察，发现了从李子坝到菜园坝是两江之间的最近距离。假如渝中半岛是鹅头，那么这一段就是鹅的颈子。总督决定贯通两江，让重庆成为一个孤岛，他就好当国王了。殊不知诸葛亮是安有耳目的。耳目报告了这个严重的企图。诸葛亮遂将这总督（这个总督好像叫李严）召了回去。没有处理他，佯装不知一切。这个事情至少说明了两点：一，在当时的条件下，渝中半岛是足够

辽阔的；二，物产必定丰富。

母城一旦成为母城，人要改变观念就很难了。现在很多重要的职能部门都搬出了渝中区，但是人们只把到渝中区，尤其是解放碑一带，叫作进城。不光上了年纪的这么说，年轻人、小孩子也这么说。而且我坚信这个说法要代代沿袭。

譬如观音桥是富人区，观音桥商圈是一流的，假如有人艳羡了，说走，我们进城到观音桥，那么听的人一定摸不着头脑——你究竟是进城，还是到观音桥？这个说法就是一个病句。

为什么人们要保持这个认识？

我想一个是因为历史。就算你不清楚重庆的古代史，你也不可能不知道她的近代史。你就是道听途说略知一二也会感到一种深邃。她的确比重庆的别处深邃。

还有就是我们中国人特有的“正宗”感。例如刘备被称为皇叔，就是出于正宗感。

或许还有其他原因，但最后的结果是，成了习惯。

其实群体的习惯就是文化。当我们说酒文化、茶文化，说校园文化、企业文化，说成都的市民文化、重庆的码头文化……的时候，我们说的就是群体习惯。

渝中区原来叫市中区。原来的这仨字把什么都说清楚了。现在的称谓是近几年才改过来的。实话说我不赞成这种修改。但我想这么改是为了让它同其他的区平等。但有一种平等是没法实现的，那就是内心的感觉。

因此学术地来说只把到渝中叫进城，是文化的原因。最初当然有地理因素，但现在与地理已无关系，与经济和政治更是无关。

打个比喻。假如以后迁了都，北京不再是首都——请注意我是在打比方——那么人们仍然会说去北京，但不会说上北京，更不会说进京了。

在重庆进城，有一种感觉是别处没有的，那就是跨过江河，“突然”入城。我进城了——人在心里喊一声。以前桥少，乘轮渡过江，这种感觉尤为强烈。现在桥多了（渝中半岛应该是全重庆有桥最多的），进城通畅，这种感觉淡化了一些，但仍然是成都、西安、天津、北京之类的进城所没有的。

包容的城市

王雨

为完成国家自然科学基金中加国际合作项目“靶向纳米粒超声与光声分子显像基础研究”，对方课题负责人加拿大首席超声科学家 Kolios 教授 4 月来渝参访了我院。8 月，作为中方课题负责人的我与我的学生郑元义副教授应 Kolios 教授邀请，赴加拿大多伦多进行了短期回访，安排在对方那里做半年课题的我的学生牛诚诚、孙阳博士也一同前往。

多伦多是加拿大最大的城市，Kolios 教授所在的瑞尔森大学就在其市中心。大学没有围墙，与大街相通，去他们大学，会经过繁华的市中心。Yonge Street（央街）的路标醒目。我兴奋，这是我神往已久的杨格大道。Kolios 教授指人行道上雕刻的街图说，这条街有 1896 公里，是世界上最长的街道。我之所以神往已久，是因为我写卢作孚的长篇小说《长河魂》里写到了杨格大道，是靠查阅的资料写的，其中有段描写：

出租汽车行驶在多伦多大街上，车上坐着卢作孚、童少生和孙恩三。才只是晚秋时节，这里已胜过重庆隆冬之严寒。这是最繁华的扬格大道街区，尽管寒冷，却依旧人来车往。孙恩三笑道：“这是个多元文化城市。这里不仅有浓郁的意大利独特风味，也有欧洲人与北美人审美观念的激烈碰撞，还显示出东方人的时尚偏好对北美文化的冲击。”童少生道：“何以见得？”孙恩三道：“你看，这街头随处可见着装各异、妆容迥异的各色行人。”指路过的商店玻璃橱窗内的女模特，“看看，随着多伦多在时尚界地位的与日俱增，其模特数量也与日俱增，那大概是意大利或是希腊模特儿。”卢作孚笑道：“就凭模特也说明不了你指的这个问题。”孙恩三道：“当然。”手指车窗外的匆忙或是缓行的路人，“还有，因为其时尚、风光和包容，吸引到这里的外国游客、留学生也多。”卢作孚点头：“包容是有利于吸收多元文化的。”“要说包容，重庆也是座包容的城市。早先的湖广填四川大移民，现今的抗战大内迁，都是有利于吸收多元文化的。”童少生说。“这倒是。”卢作孚说，“不过，与这里相比，重庆尚还缺乏跟世界的广泛交往。咳，战争使重庆损失惨重，我们必须抓紧战后建设……”参加完国际通商会议后，卢作孚即带领童少生、孙恩三在美国各地造船厂实地考察，感到美国造船价格昂贵，才决定转赴加拿大考察。他们刚去考察了蒙特利尔的造船厂，明显感到价格低于美国，且质量并不差。有群漂亮女人从车窗外走过。孙恩三指车窗外:“看，在这里，你可以充分感受众多美女带给你的惬意。”卢作孚笑说：“恩三呐，要说美女，我们重庆的美女怕是不逊色于这里吧？”童少生抢话道：“当然，山水皆佳的重庆城，孕育了如云的美女，都邮街一带，十步之内必有佳人。”孙恩三道：“甚是，甚是！”大家齐笑，说到家乡之事，都格外高兴，有股自豪。

真正站在位于市中心四岔路口的杨格大道边，我自然想到了这段描写，文中提到的都邮街一带，就是现在的解放碑一带。我对 Kolios 教授和他的学生王燕杰女士和我的学生们说后，都笑，都好奇地追问。那是 20 世纪 40 年代的事了……我笑答，目视擦肩而过的熙熙攘攘的白皮肤、黄皮肤、黑皮肤的男男女女，发现黄皮肤者众多。我知道，在这里的中国人不少。这位置与重庆解放碑的位置相仿，街道比解放碑窄，车流量大却没有重庆的车流量大，有轨电车不时驶过，使我怀念起重庆早先的电车来。这里不是步行街，人们都自觉遵守交通规则，井然有序。值得我们学习。老实说，这里的佳人美女没有我想象的多，没有解放碑的多。四岔路口一端有个不大的广场，设有舞台，有不同国籍的乐队歌手演奏演唱，场地里有各式展销活动，还遇见美国 NBA 球星现场演练篮球。确实是座包容之城。

人都热爱家乡，自然想到重庆。确实，早先的湖广填四川，百万移民从水路陆路来川，多数都经过重庆扎根重庆；后来的抗战大内迁，大批民众、商贾、政要、名人都内迁来重庆；现今的改革开放的直辖市重庆，则更是吸引来众多的国内外人士、学子、精英，其中不乏本土的外来的外来人后代的如云美女。重庆越来越美，山美水美城美人美，重庆也是座包容之城。我对 Kolios 教授说后，他点首称赞，说他对重庆的印象很好。我自豪也有自知之明，我们这座古老城市的软硬件建设还薄弱，还得大力加强。

卢作孚说，包容是有利于吸收多元文化的。是的，包容的重庆应该也必须更加包容，吸收更多的多元文化，使之成为名副其实的大都市。

认你为母亲

王明凯

天天生活在这片土地，呼吸着你的空气，汲取着你的乳汁，却很少思考过作为母城，什么是你母亲般的血脉与恩德，直到有一天，一本叫《母城渝中》的书置于手中，我的目光和思想才穿行于你的罅隙，做了番感恩戴德的旅行。

认你为母亲，我看见你从3000年的皱褶中走来，头上顶着虎纹的符号、鸟纹的符号、手心纹的符号，借虎威腾空一跃，迈进了巴国的门槛，跳的巴渝舞，唱的竹枝词，舞魂词韵，绵延不绝。于是我知道，我是巴人的后代，我的根是从巴山上长出来的，我的血是从巴水里流出来的，巴山巴水巴文化，一曲巴歌3000年。

认你为母亲，我看见唱着巴歌的你扶老携幼，长阳而夷城，夷城而黔中，黔中而江州，六次移民，四次筑城，才有了后来的双重喜庆，才有了今天养育我生命的这块土地。这是一块肥沃的土地、忠诚的土地、英勇的土地，你在这块用血浸透了的土地上，顶着罕见的积弱积贫和敌机的狂轰滥炸，用大山般的情怀，挺起一个民族不屈的脊梁，让一面耀武扬威的膏药旗，变成了主人的裹尸布。

认你为母亲，就要记住你的恩情，记住1949的雨，刷新了我的记忆，记住1997的风，吹散了我的忧郁，我喝的水，是你从江中抽上来的；我穿的布，是你用车皮拉进的；我吃的粮，是你辛辛苦苦从乡下的沟沟壑壑盘进来的。你的爬坡上坎，练就了我的矫健步履；你的麻辣鲜香，喂壮了我的强壮身躯；你的忍辱负重，熔铸了我的坚韧品格；就连那走街串巷的脚步声、长声吆吆的汽笛声，以及缥缥缈缈的吆喝声，都是你用心用情唱给我葳蕤生长的进行曲。

认你为母亲，我就常回家看看，像你无数个儿子一样，坐着车和船，从四面八方归来，投进你温暖的怀抱。这时，你会一遍一遍向我唠叨，面前那座纪念碑的身段，又矮了多少多少；脚下那个大码头的水位，又高了几多几多；背后那座山的公园里，又栽了什么树；左右两条江的腰杆上，又架了什么桥。我也会一遍一遍向你报告，东边修了几条新路，西边盖了几座新城，报告你的儿子又添了几缕白发，报告儿子的儿子马上又添了新的儿子。于是我看见，你深情的目光泛起红云，你慈祥的脸上洋溢着幸福美满的微笑……

呵，母城渝中，我亲亲的母城、亲亲的渝中，我是大山的儿子，也是你的儿子，走到天涯海角，走到生命终结，我也永远永远是你忠贞不渝的儿子。

呼归石看船

黄兴邦

小时候，我喜欢在城墙边看船。

朝天门下游处的呼归石，不知它下面藏着什么秘密，每当洪水袭来，湍急的洪流就在那儿扯起一个巨大的旋涡，犹如咆哮的野兽张着大口，上游涌来的漂浮物流经这里，泡都不冒一个便被扯入了江底。

川江上的艄公和桨手，他们都是硬汉子，自幼就在这一片险山恶水中讨生活，上游的物资要运往下游，那时还有一个响亮的口号，叫“多快好省地建设社会主义”，时间是耽误不起的。

看，上游处有满载货物的柏木船急驶而来了，船头压着浪花，桅杆上降下了风帆，孩子们一声呼哨，齐刷刷都张着吃惊的眼睛盯着它。旋涡在航道的必经之处，柏木船迅速被卷了进去，接着便打起了旋圈。本来就没间断的船夫号子，猛地嘹亮起来。艄公把着舵，白发在江风中飘飘，俨然是决战决胜的将军，他也许就是船工们的父亲或伯父，属于子侄辈的桨手们，全身赤裸着，只剩胯间一条短裤，有的连短裤也没有，只是系了一块破布片，他们躬着身，靠着号子的协调，呐喊着划桨。这是在生与死的隙缝中穿行，狭路逢死神！那种拼命的劲儿，不亚于战场上的冲锋掠阵……船在旋涡上打旋圈，如果旋圈越转越小，那就太危险了，那是船翻人亡的信号，而船翻人亡，在那里，只是一瞬间的事！偌大一个城市，偌大一个天地，只剩下哗哗的洪水波涛声，波涛之上的船夫呐喊，以及这声震大河两岸的回响。孩子们把心都提到了喉咙管上，担心翻船，害怕船翻人亡！而事实上，这儿的旋涡，年年都要无情地吞噬无数船夫的生命，但年年洪水之上，都有船夫从这儿经过。船，在旋涡上打着旋圈，船工的呐喊声震两江三岸，本真的川江号子可不是今日舞台上的装饰，它是鬼门关前，船夫与死神决斗的号叫，是困兽要冲出陷阱的号叫！

应该说，这场景不是一种雄壮，而是一种悲壮，一种在旋涡中求生存的悲壮，一种充满野性的悲壮，这就是在险山恶水中讨生活的重庆人，重庆人的魂，重庆魂！

旋涡之上，那只满载货物的柏木船打着旋圈，它终于把旋圈越转越大了，压着浪花的船头终于冲出旋涡，搭上了下行的急流。那只柏木船冲出旋涡脱险而去的时候，我们小伙伴们“哦——哦——”地吼叫着，都梭下城墙雉垛，扔了书包，在城墙边连翻了几个筋斗，以抒发自己满心的欢欣喜悦，也算是对洪流上早已扬帆远去的那船，遥致了一声平安祝福。

大江上，多少往事都如烟而逝，但我忘不了呼归石的船，我的记忆深处总镌刻着旋涡上那些船夫的呐喊，镌刻着呐喊声中的那些沉毅与骁勇——这是大江赋予重庆人特有的秉性。倘若没有那些船夫作为前导，今日大江之上，又哪来那么多富丽堂皇的大轮船，哪来这些大轮船航行江上步履泰然的风流与豪迈？

母城记忆

肖敏

梯坎坡道

民谚：好个重庆城，山高路不平，爬坡又上坎，进城累死人。

沿着这些梯坎坡道上升，上升，一直可以上升到这座城市所有的层次和所有的高度……

梯坎坡道旁，盘根错节的老黄葛树飞来一幅幅奇思妙想——紧贴石壁，生命透过岁月呼唤你的登攀。梯坎坡道犹如老黄葛树的根须，穿过市井街巷，从四面八方深入这座城市，直达底部。

嘉陵江水和长江水触摸着底部石级，带来上游的清凉和惬意。

下半城的吊脚楼迈着高高低低的脚步艰难地翘望，不管不顾身后那些沉甸甸的往事。

爬一段坡，拐一道弯，忽略梯坎坡道两边的花朵、灯光、树影，细数从下而上的茶馆、烟店、酒肆，一条条画廊，无遮无拦展览着城市深处。时间和记忆惊醒，蛰伏的事物会悄无声息地扑面而来。

走一走梯坎坡道，把这座城市好好地读一读，认真地听一听，每一个层次都有不同的诉求，不同的意境……

当你登上梯坎坡道的顶端——那薄雾里的霓虹绝非海市蜃楼，那是这座城市最神采飞扬的部分，那是下半城的向往和追求。

走一走梯坎坡道，沿石级上下，看云水深处的美女和美景，看头上的太阳和江中的月亮……

湖广会馆

碧瓦黄墙，古香古色，用一种卓然不群的姿态伫立江岸，精雕细琢的画栋雕梁，重重复复的大小戏台，简约概括：这里曾经属于曾经灿烂的时间和空间，属于曾经光芒万丈的文明和富裕。

重庆是一座移民城市——从古到今。

一颗生命的种子随风漂泊，谁能深究其中的隐秘？也许祖先根植的基因注定了他的子孙——灵魂永远不得安宁。

遥远的过去从这里发出传真：那些从两湖两广来的老乡，从福建江西来的老表，来这座城市扎堆、扎根，以种种方式求取生存。

离乡的人来到这里，听一听乡音，叙一叙乡情，喝家乡茶，看故乡戏，就会让游离的乡思重归故里。

一辈一辈的拓荒耕耘种植，肥沃了这座城市的文脉和土地。

据说，在那些令人心灰意冷的季节，恢宏阔大的庭院里杂居了无数移民繁衍的无数后代，亭台楼阁充斥着喋喋不休的纷争和烟火，大小戏台天天上演相同版本的人间悲喜剧……

世易时移，生命随风而逝，很多古老的事物正被时间锈蚀。

是谁？小心翼翼地拂去岁月的尘埃，将你重新陈列在这里，像一幅年代久远的中国画，每一根线条，每一种颜色都诠释着，证明着这座城市的移民历史……

第四卷
大礼堂和它的『园』

人民广场上的鸽子

李北兰

每次进城，我都要到繁花似锦、绿树成荫的人民广场小坐，不为别的，就为广场上那数千只独成“山城风景”的和平鸽。

山城是山，广场后面矗立于一百多级石阶上的、雄伟壮丽的重庆人民大礼堂，是鸽哨的“山”之背景；广场前面端坐于数十级梯步上的、造型奇特的重庆中国三峡博物馆，是鸽哨的“山”之屏风；而那些在广场周围盘旋的、依山势而筑的大街小巷呢，自然就是鸽哨的“山”之腰带了……洒落在这般跌宕起伏、繁华热闹的市井里，即便放到百鸟争鸣的地球村里，这鸽哨也当是“独此一家，别无分店”！

其实，这里的鸽子与别处的鸽子也一样，都是“两个翅膀一个头，两只眼睛转豆豆”，但不知怎么的，我却总觉得它们的步态更安详，翔姿更优雅，“豆豆”更灵透，“嘀咕”更清纯，这自然有“谁不说咱家乡好”的情怀在里面，但深究起来，恐怕还是因为山城人爱鸽、亲鸽的那一份祥和，令人触景而生出一份“别样”之情——

建于重庆直辖那年、用花岗石铺就的广场上，祥云似的落满鸽子，人们喂鸽、逗鸽、“唱”鸽、“舞”鸽、与鸽合影、伴鸽而眠，将一幅幅美不胜收的“人鸽同乐”图展现在山城云濯雾洗的天空下……也许是颇有灵性的鸽们读懂了这一份“天人合一”的柔软，故而有些大胆的鸽子索性站在游人的手掌上和肩头上，一动不动，仿佛凝固似的，浑然而成人民广场上一尊又一尊鲜活的“雕塑”。

说来也是有福，那日在广场上小坐，竟看见如下一幕：一位蹒跚学步的小宝宝拿着一袋开口的鸽食，前前后后地抖呀撒呀，数十只鸽子围绕在他的身旁，嘀嘀咕咕地啄呀食呀。也许是撒得太欢、太畅了，宝宝竟一个趔趄坐在地上。愣了一瞬，宝宝笑起来了，笑若天使；倚在靠背椅上的妈妈笑起来了，笑靥如花；周围打望的游人笑起来了，笑容可掬；而那些原本被吓了一跳的鸽们也“笑”起来了，竟张开翅膀旋转着跳起舞来……如果此刻有人问：“什么是和平？”我肯定会毫不犹豫地回答：“这就是和平！”

说到“和平”，不禁想起这样一件往事——1940 年底，为争取美援，国民政府请“中国花鸟画家第一人”、时任中央大学艺术系教授的张书旂代表中国绘赠美国总统罗斯福一幅中国画。在日机对山城的轮番大轰炸中，张书旂冥思苦想，最后终于选定具有象征意义的鸽子作为绘画主题。他从附近集市买来鸽子日夕观摩，然后在防空洞这个“特殊画室”里用三周时间画了一百只神态各异、栩栩如生的鸽子。《百鸽图》宽 162.5 厘米、长 355.6 厘米，是进入美国白宫的第一幅中国画。这幅旷世巨作于 1941 年 1 月 20 日前由专机“飞剪号”送往美国，在美国总统就职大典前送给了罗斯福，后收藏于罗斯福总统纪念馆。从山城起飞的鸽子，就这么带着和平的祈盼“嘀嘀、咕咕”地降落到大洋彼岸，演绎出了另一番意境和韵致。

去年春天，挂在白宫墙上的《百鸽图》首次回到诞生地重庆，于是我专程从所居小城赶到三峡博物馆悉心“拜读”……从展厅里出来，只见人民广场上撒满晴朗的鸽哨，一时间，竟生出“穿越”之感：诗里？画里？就像是为了作答，广场上的喷泉音乐骤然响起：“今天是你的生日，我的中国。清晨我放飞一群白鸽。为你衔来一枚橄榄叶，鸽子在崇山峻岭飞过……”我的眼睛湿润了——其实，人民广场上的鸽子是否是《百鸽图》上那些鸽子的后代已经不重要了，重要的是，70 年前张书旂所代笔放飞的那个中国梦已在眼前铺展！

山城巷

重庆这座大礼堂

陈与

20世纪50年代初期，贺龙元帅在重庆主政西南局工作，看到重庆举行大型会议，没有场所，于是决定在地势偏低、乱石丘陵、残破棚户区的嘉陵江畔，仿北京天坛建筑，修建重庆人民大礼堂。此言一出，怀疑的风言风语纷至沓来，他们认为这是贺元帅喝醉酒说的酒话，是贺元帅抽的大头烟斗，抽完了烟丝后把大话装进去。住在乱石岗的蒲草田居民，把贺元帅的决定看作遥不可及的月亮嫦娥、西天取经，长在人民支路的黄葛树，半信半疑地摇动枝叶。

1951年夏季的星期天，贺元帅大烟斗的烟灰中，拖来了一串串铁镐、铁铲、锄头，扬臂挥锄、铁镐叮当。贺元帅大烟斗里飘出的烟味，是肝胆相照的粗茶淡饭，是抖落汗珠，大笑起来的嘉陵江。从此，义务劳动是重庆星期天的代名词，是嘉陵江畔的云雾歌声。

1954年夏天，一些蝉停留在黄葛树枝丫上，“知了知了”地鸣唱，建筑面积2.5万平方米的重庆人民大礼堂，以轻快拍岩的翅翼从瓦砾屋檐里横空出世。重庆这座大礼堂由中心礼堂、南楼、北楼和东楼组成。65米高的重庆人民大礼堂，主体建筑重檐圆椽尖顶，有许多在天地之间的声音，来源于巴渝乐舞的密码图腾。配以重檐歇山式屋顶，是歌者舞者凝聚的精魂，厚重的云绮雷纹，是重檐圆椽尖顶的钢木结构。贴金彩绘的中心土楼，是一座巨大的凛然不动的皇冠之城。

重庆人民大礼堂的南楼和北楼，在觥筹交错里，啜饮秀色的江岸雄风。后面的东楼，长出鸟声，胭脂的云朵是桃花季的宫墙剪影。三楼一底的北楼和南楼，廊柱式的长楼，是嘉陵江的往事帆影，是长江里浪花的彩绘。整个建筑的红柱，是热烈开放的山花，白栏杆的涛声，是纤绳上从脊梁中滑落的波浪。绿色琉璃瓦和黄色墙壁，是东方之光浑圆隆起的曲线，是最纯粹的泥土、水和火焰的密密麻麻的指纹。

据说，为了震惊世界，让重庆横空出世，贺元帅准备牵引嘉陵江，让旋转的嘉陵江水来打开重庆人民大礼堂的几重大门，在重檐圆椽的尖顶上，放置金光闪闪的黄金。此时，西南局的领导班子迁到成都，贺元帅大烟斗是重庆到成都蒸汽火车的烟雾了，急调成都的他，当务之急是抗美援朝、四川剿匪、摧毁潜伏的敌特系统，贯彻执行党中央国务院“反对浪费，厉行节约”的方针。因此，贺元帅构想的这一绝世经典，搁浅在他“吧嗒吧嗒”的烟雾里。

即使这样，重庆人民大礼堂还是成为重庆建筑的精神领袖，成为重庆政治和文化交流的一朵合欢花。苍穹的重檐圆椽尖顶，是黄葛树理想的慷慨陈词，向往的峰巅。从诞生到永远，只要是重庆人，或是重庆人到外地工作，甚至漂洋过海的求学者回到故土，重庆人民大礼堂都是苍生奔走的一滴清波，记忆里的甘霖。

站在广场上，眼中的重庆人民大礼堂与镜头的一点两点三点，多了一层湿漉漉的滋补，不可分离的一滴两滴三滴，有了一段水淋淋的团聚。远景是云蒸雾漫的水袖，近景是风染雨洗的纱巾，环绕的草丛和露水，是从枣子岚垭走过来的长坡陡坎，从上清寺方向跑来的一盏盏街灯，从大溪沟赶来的嘉陵江酒杯。站立和走动，以自豪和透明的心思，飞上飞下，把心房建成一幢宽敞的院落，种上丁香，在白燕花的翅膀上覆满向往，在浓郁满天星里守望三月彩裙。重庆人民大礼堂，推开窗子就见到岩壁粗根的黄葛树，见到了少女祈祷的手，掩在枝叶背后的红颜。

想不到的是，逶迤连绵的重庆人民大礼堂，在那一连串的礼拜天，俄罗斯的天鹅湖芭蕾舞，踮起的脚尖可是重檐圆椽的尖顶？旋转的芭蕾舞步是身后的东楼？那群展开羽翼的小天鹅，让南楼和北楼顷刻柔美，绿墙红瓦的满脸桃花，是经久不息的掌声雷动。川剧在锣鼓声中走进大门，又有哪一个后宫薄命的粉颈，在旋子彩绘的丝弦里呻吟，斜依在廊柱式的长楼，纤手按胸，彩绘色里有太子策马而来，双颊微红的妃子，莲花步是一排排互不言语的座椅。妃子端一杯茶或拿一只折扇，说话用折扇掩住舞台耳幕，端庄美丽。古国和帝王的命运叠在折扇里，收拢时是一根大红立柱，是竹帘后面的丰富扇语，打开后是弧形舞台，湮灭帝王将相骨头里窜出来的幽蓝火焰。

话剧中的杜甫坐在江边喝酒，舞台的灯光掠起一片波涛，红的是杜甫那张脸，黄的是月亮，绿的是田园。杜甫倒骑驴背，从奉节城寺院出来，把熟知的词曲反复吟咏，心比天高，情志飞扬。却不料这是一生不得志的回光返照，是杜甫倒影水中的天天喝酒，是做一回骑士，在洁净乡村的江边，很风流地赏月思乡。

在鹅岭公园的望江亭，观看重庆人民大礼堂的主楼，是一支竖立浑圆的铜管乐器，两边南楼和北楼是键子，酷似一个巨人叉在腰上的双手，聚合的气魄，是黄土埋去千载日月的巴渝将士，是巴蔓子将军的一派青铜之气。从楚汉之争到巴蜀内乱，几千年来，重庆人的正气是后来者的榜样；一瓣新月是远行者的征衣，在长江变浊，嘉陵江变清。山陵有平野广塬，一叶海棠是一只振冠的司晨雄鸡。

重庆人民大礼堂，是空灵轻盈的升华，是粗犷质象和岩层般的植入，视觉的辽远来自角度、位置、色彩、线条和目力所及。有人前往，向东朝西，跋涉者朝圣者从四面八方而去，也许是命中注定，也许一辈子不会离开，即使离开了也想方设法回到重庆人民大礼堂身边，仰望和静立，让对视的两个时光，回到春天和童年。

夜色下的大礼堂

樊家勤

夜幕渐渐拉下。我们急忙向三峡博物馆门前的台阶走去，觉得那里是拍照的最佳位置。我站在台阶上，被前面的美景所吸引。

这时的大礼堂与白天有所不同，上面那三层圆形的屋檐亮着黄色彩灯，我正对着的彩灯能看出是一个一个的形状，两边延伸去的就形成一条线了，越远光线越粗、越亮。最上面一层屋檐是半圆形的浅绿色琉璃瓦，像一池碧水里面长出茂盛荷叶的背面，绿中带灰，十分醉人。屋檐上还安有几个太阳灯，照着顶端那个像黄色的柚子，清晰可见，上面安装的避雷针类，在夜空背景中有节奏地闪出白色的光。

第三层屋檐下面的中间，出现像天安门城楼那样的建筑物，形状较小，边缘也亮着黄色的光芒。由此往后看，能看到大礼堂那一根根朱红色的抱廊，美丽而壮观。

再下面就是大礼堂那宽敞别致的大门，两边是北楼和南楼，有三四层高，楼下过道是玉白色的栏杆，高雅而洁白。每楼顶部的头尾都有一个漂亮的飞檐角亭。靠礼堂大门的角亭线条较直，飞檐较突出，远一点的整体较圆，层次圆美。每个角亭的每一层都亮着色彩鲜艳的黄灯。北南楼的顶上也横着亮起两排艳丽的灯光。

广场中间的牌坊，有四根方形的柱子，上面也有高低不一的飞檐，亮着金色灯光，层层叠叠，格外集中、格外明亮。牌坊中间那“重庆市人民大礼堂”几个字体在红色灯光照射下，特别醒目。

广场上，彩光倒映在那发光的大理石上，红色的、黄色的，倩影斑驳，

仁爱堂

很是好看。人们在音乐声中翩翩起舞，动作协调一致，脸上也定是轻松、悠闲、微笑。人群中多是中老年，热爱健美的青年也不少，但女性比男性多。那乐曲有古典的《梁祝》，也有现代的《好日子》《天路》等，悠扬动听，给人遐想。

整个大礼堂，亭台楼阁，琼楼玉宇，雄伟壮丽，仿佛被金黄色的彩光包围，发出耀眼的色彩。她被一些国家领导人赞赏，被英国《建筑史》列为中国当代建筑第二名是当之无愧的。

此刻，我完全沉浸在这壮美的景观中。透过这耀眼的大礼堂，我仿佛看到了人们安居乐业、祥和幸福！看到了祖国更加繁荣昌盛、辉煌灿烂！

七星岗，走失的童年

张乃心

记忆这个奇怪的东西，总是在时光的流逝中，将那些悲伤的、难过的东西都过滤掉，把那些美好的记忆留在了心上。有意思的是，即使是那些好像不太好的事情，现在想起来也会会心一笑，那些被打手心，出门玩摔破了膝盖擦上紫药水，被老师留在教室里罚写作业的事情，都会成为美好记忆的一部分。

从出生一直到初中，我家都一直住在七星岗。从幼儿园开始就可以自己熟门熟路地穿梭在观音岩到人和街那条长长的石梯上。还记得有一天去幼儿园的早上，我穿着一套浅黄色的运动套装，得意扬扬地一路飞奔下石梯，突然一个踉跄跌在了一摊泥上，整个衣服都弄脏了！送我上学的外公只得牵着挂着眼泪的我回家换衣服。直到现在外公还会说，有天下午放学，他在幼儿园门口等了很久，小朋友差不多走光了，去问老师，才知道我已自己回家了。

那条路我后来也会偶尔经过，路上已经铺了整齐的防滑地砖，中间的一段坑洼也变成了一块平地，而我小时候读的那个“著名”的幼儿园也已搬走了。可每一次走过那里，我都仿佛看见一个留着蘑菇头，皮肤有点黑的小女孩，背着一个小书包飞奔而过，摔倒在地又自己站起来继续往前跑。有时候她会自己一个人蹦蹦跳跳地走在前面，后面跟着一个身材精瘦背挺得笔直的老人提着她的小书包，或是一个穿着长风衣，头发束在耳后，戴着眼镜的女人牵着她的手，一步一步走过那一坡的石阶。

后来上的小学也不过步行几分钟就到，好像所有的同学也同时都是邻居，互相串门，对彼此家里了如指掌是一件必须的事情。后来听我妈说，在学前班到一二年级的时候，我是一个脾气很差的小孩，经常回到家向她抱怨这个同学很讨厌那个同学看不顺眼云云。怪不得我的记忆里有那么一段时间，别人下课之后在跳橡皮筋却没叫上我，一个人坐在教室里也不知道要怎么去和其他同学搭话，放学之后独自背着书包提着饭盒袋子走在回家的路上。直到有一天我变成一个笑脸迎人没有脾气的普通同学，也开始拥有了自己的小朋友圈之后，那一条被七星岗的旧房子围绕起来的七拐八拐上坡下坡的小巷子里，就不再只有我一个人孤单的脚步声。

那时候的小学总是放学放得特别早，尤其是星期二，简直早得不知道回家去要干吗，于是每天放学之后我和小伙伴们就有了一个根据地，是回家路上的一小块空地，现在想起来那只是连接上下两条路之间的一个小小的平台而已。可是对于幼小的我们来说，那个地方已经足够大了。空地中间有一棵树，旁边就是没有栏杆的堡坎，我们五六个同学每天下午就跪坐或是趴在这里一起做作业，大多数时候都在聊一些无关紧要的废话，笑得在地上打滚，也从来不在乎衣服会被弄脏。

回想起来，小时候可以玩的东西并不那么多，后来走到哪里和同龄人聊的都是一样的东西，弹珠，拍画，水晶泥等，以及如果不是因为那个时候流行收集一种干脆面里送的水浒卡，可能我到现在也不会对水浒传里面的人物和他们的外号那么熟悉，而水浒人物的长相在我的心目中也一直都是那些画片上的样子。在那一条上学放学必经的巷子里，每一个角落里都有那时候的我们一起拍画片、吃零食的情景。

那块小空地再往前走一点，就是我最好朋友的家。她们家住的还是七星岗的老房子，就是我第一次学画房子的那种有瓦片顶的房屋。走进去从来都是漆黑一片，左前方的角落上有上楼的楼梯，上去之后就是那种老房子才有的块与块之间留有缝隙的木地板。我记得小时候经常在朋友家待到吃饭也不回去，周末更是直接待到天黑，等家里打电话催促才不情不愿地回去。在那楼上很窄的空间里，有我小时候很多很多的记忆。我妈说，以前家里住的老房子也在这条巷子近旁，但在我出生之前就拆迁改建成现在的高楼。而我朋友的家，就好似填补了我没有住到老房子的空缺。

那时候太喜欢和朋友在一起玩，直到现在我也觉得我朋友的那个家，满足了我对自家老屋的所有想象，面对门的墙上贴满了她从幼儿园开始得的各种奖状，下面是一个软软旧旧的沙发，左边贴墙摆着电视，右边是一个矮柜子，没有茶几，沙发和柜子之间只有一段很小的距离，却丝毫不影响我们的活动。正对电视是两头抵满墙的床，有点像北方的炕，铺着那个时候每家都大致相似的浅橘黄色床单。床头是两排书柜，很多现在还记忆犹新的漫画都是那时候在她家一起看的，然后床边有一个向上撑开的正方形小窗户，这是我最喜欢的地方。从这个小窗户看出去有一棵黄果兰，春天会闻到黄果兰的清香，到夏天长到最枝繁叶茂时，从窗户伸出手就能扯到一片幽绿的树叶。除了这些，记忆中的许多老香港电影都是在这个房子里看完的，第一个喜欢的歌手也是在这里发现的，而放着VCD跟着电视高歌被好朋友在楼下打毛线的奶奶呵斥，也仿佛发生在昨天。

几年前的某一天，早已搬离七星岗的我和高中同学经过此地，只是坐着公交车掠过这小时候的地盘，我竟兴奋地对同学说："看，我以前住那儿！""我的小学就在这个巷子里面。"见我讲起小时候的事情滔滔不绝，家住奉节的她只是淡淡地说了一句："我小时候住的地方修三峡大坝时已经全部淹掉了。"

不知道什么时候七星岗的老房子也开始拆迁改造。起初是发现以前去小学的那条小路上的房子被拆了没法再走了，包括我好朋友家的老房子。虽然后来很少走到七星岗附近，但是每次路过都会下意识地看看什么地方被拆了什么地方还在。那些长着青苔的石板路，小时候当作滑梯的斜坡，巷子里面有许多同学以前的家，还有小时候最喜欢逛的小玩具店小文具店，这些都一点一点消失在我眼前。就连我的小学也早已搬走改了名字，不再是我记忆中的那个小学了。终于有一天，我最熟悉的那一段路上的所有都被拆掉了，浅蓝色的围墙替代了我记忆里的风景。这个存有我最多童年回忆的地方，在物理层面已经完全消失了。

长大一点之后，每每和同学朋友出门相聚，老是觉得找不到多少玩法，来来去去就是吃饭看电影，或者去咖啡馆坐一下午说说以前的事情。想想小时候，揣上十块钱也敢出门逛街，毕竟那个时候有十几块钱也已经算是富裕了，周末可以甩掉父母只和朋友在解放碑到处瞎逛，在那时候的我们看来这是一种长大了的表现。和现在的小学生人手一个手机不同，那时候连大人都还不是每人都能拥有手机，只能通过座机联系，那种到了一个约定的地点就只能傻等的状况，现在根本不能接受，这也是以前所有人都很准时的原因吧。

红星亭

以前新世纪百货对面除了有国泰电影院，那一排商铺中间还有一个叫作“六元西餐厅”的地方，一个在地下的餐厅，里面的西餐都是六块钱一份。六元西餐厅这种地方，对于拿着十块钱就出门逛街的我们，也是不能随便乱吃的，只是由于名字和地点都很特别又方便，于是这家店的门口就成了每一次到解放碑逛街大家相互等待的固定地点，一直到那里拆之前，我们都一直延续了这个习惯。其实那时候对逛街的理解，真的就是字面意思上的“逛街”，走来走去可能什么事也没做一下午就过去了，然后各自回家吃晚饭看动画片。这种散步式的逛街，却是小时候和同学一起做过的最“摩登”的活动。

看着现在到处的高楼林立，站在解放碑中心却有些想不起来这里曾经的模样。印象中小时候这里还不是步行街，解放碑中心还是一个转盘，有车来来往往，却怎么也想不起时代广场的“前身”是什么，重百的玻璃楼以前又是什么样。不知道什么时候开始很习惯新华书店就是在新世纪百货边上的重庆书城；也不知道什么时候开始默认了29中对面就是迪康百货，而不是以前那一排卖珍珠奶茶和烤羊肉串的小摊小贩；而以前全校组织看电影的国泰电影院那一边也早就拆了修了新的店面好多次了。时间把这里大肆重新装修过了，也给人注入了新的记忆。

记得网上曾有一个征集老照片的活动，好多人拿出自己的老照片，然后在同样的地方又照了一张同样姿势的照片，许多新老照片的对比都已经完全看不出来是同一个地方了。我也曾经心血来潮在枇杷山公园凭着对照片的记忆照了几张同样动作的照片，回家翻找才发现很多我记忆中的老照片，都在多次搬家过程中丢失了。那些存放在照片里的童年也像这座城市的变化一样，忙急忙慌地呼啸而过。就像不知道什么时候，黄葛树已经落叶又长出几轮新枝，而长大的我抱着儿时的记忆站在路边被一阵大风吹得一个踉跄，然后抬起头来拨开挡在眼前的发丝，却发现自己像走丢了一样，不认识这是哪里的路。

我们仍会在这里继续生活，就像当初一样的生活。在这里照更多的照片，留下更多新鲜的记忆。这个城市会继续不停地改变，就像黄葛树每年都会长出和去年不一样的新芽，但它依旧是那一棵黄葛树。

厚重的大溪沟

罗光毅

大溪沟是厚重的。厚重得让人仰慕，厚重得让人敬佩。

大溪沟的这般厚重，凝聚着重庆母城文化和红色文化的光华，闪烁着抗战文化的光辉。走进大溪沟，就走进了厚重的历史，你会被这厚重的历史所感染。厚重的历史印痕熏陶着每一个前去拜谒的人的灵魂，在穿越历史的风风雨雨中，让灵魂接受洗礼，让精神得到升华，铭记历史，砥砺前行。

这个春天，我去了一趟大溪沟，翻开了这厚重历史的画卷，慢慢地品读，历史风云扑面而来，一处处历史遗址，让人目不暇接，一段段可歌可泣的故事，让人震撼。

大溪沟有着红色的记忆。伫立在人和街一幢大楼的侧面，瞩目着这面巨大的党史文化墙，三面鲜红的党旗，像火焰一般跃动着，映衬着上面几行醒目的文字：重庆最早的中共党组织诞生地，1926 年 1 月，冉钧、周贡植、缪云淑等在人和街“中法学校”成立重庆最早的中共党组织——中共重庆支部。重庆城区万千街巷，可这荣誉就落在了大溪沟，多么值得骄傲呵。

中法学校，中国共产党在重庆创办的第一所干部学校，这是一所令人敬仰的学校。它是吴玉章等同志为培养革命力量，于 1925 年在重庆人和街创办的。这个学校为中国和四川的大革命运动培养了一大批骨干力量，许多人成长为革命的中坚，为中国革命做出了重大贡献。曾任国家主席的杨尚昆、曾任公安部部长的罗瑞卿、曾任重庆市市长的任白戈以及中国新文化运动的先驱者之一和文艺界卓越领导人阳翰笙，就是这个学校的学生，还有井冈山时期的红三军军长徐彦刚、红七军军长张锡龙等也是从这个学校走出去的学生。

站在中法学校遗址前，想着学校培养出来了这么多的人才，不由感慨万千。

大溪沟浸润着深长的抗战文化记忆。漫步在枣子岚垭和马鞍山一带的街巷，这里曾经是沈钧儒、史良、李公朴、茅盾、邹韬奋、黄炎培、沙千里等著名民主人士居住和活动过的地方，他们在这里长期从事抗日救国的政治活动和文化活动，留下了不朽的篇章。这里也是中共中央南方局外事组办公和同各民主党派、进步民主人士聚会活动的地方。这里的沈钧儒旧居——良庄，就见证了那个风云时代的故事。

良庄原是一幢普通的官邸，因为沈钧儒的入住和茅盾的暂住，就此热闹起来。一大批社会名流、爱国民主人士、知名作家等纷至沓来，就近租房而居，时常相聚于良庄，良庄就成为仅次于上清寺特园的民主党派汇聚的场所。我屏住声息，仿佛就听见了先生们的高谈宏论，时而激越，时而低沉，他们在为天下之忧而忧，他们在为将要诞生的中华人民共和国而出谋划策。抚摸着没了光泽的门扣，手心沁出一丝汗来，是为了叠合茅盾先生的手印吗，想着，心里就是一番激动。

我站在良庄门前，读着墙上简短的介绍文字，竟发现茅盾先生的著名文章《白杨礼赞》就写于这里，大喜于心。我喜欢茅盾先生的这篇文章，第一次读到这篇文章时，还是读中学的时候，而且是从他人的手抄本上读到的，至今家里还珍藏着一份油印的《白杨礼赞》。

大溪沟有着重庆地标建筑的记忆。重庆市人民大礼堂，就是矗立于重庆人民心中的丰碑，至高无上，无可替代。这座修建于 20 世纪 50 年代初的仿古民族建筑群，气势雄伟，金碧辉煌，是中国传统宫殿建筑风格与西方建筑的大跨度结构巧妙结合的杰作，以其非凡的建筑艺术蜚声中外，被评为“亚洲 20 世纪十大经典建筑”。我国建筑界泰斗梁思成先生评价重庆市人民大礼堂为“20 世纪 50 年代中国古典建筑划时代的最典型的作品”。1987 年，英国皇家建筑学会和伦敦大学编写的《世界建筑史》中，首次收录了中华人民共和国成立后的 43 项工程，其中重庆市人民大礼堂位列第二位。重庆直辖后，大礼堂前拆除围墙，改建为有草坪与喷泉的人民广场，成为供游人参观游览和举办节庆集会的重要景点和场所。当我漫步在宽敞的人民广场，就会想起一代伟人当年修建大礼堂的宏大气概和为之付出心血的博大情怀。

重庆中国三峡博物馆与重庆人民大礼堂相对而立，建筑顺地势地貌而建，貌似从山体中雕琢而出，建筑由弧形的外墙和玻璃穹顶构成，外墙上镌刻着一幅大型浮雕，气势恢宏，内涵深邃。馆内藏品众多，出土文物以巴蜀文化遗物为主，四川汉画像砖、画像、石陶俑，元末大夏开国皇帝明玉珍睿陵遗物最为驰名。传世文物中，宋以来名家书画、历代名窑瓷器、明清紫砂、历代钱币、各代碑帖、玉器、竹木牙骨器、丝绸和西南民族文物等，均有较系统的收藏。对四川及重庆近代以来的太平天国、重庆教案、开埠设关、蜀中同盟会、中共四川地下党、抗战的重庆等重要的历史进程，都有形象的文物资料反映。漫步在博物馆内，从“壮丽三峡”里看见了三峡的历史和文化精神，从“远古巴渝”里看见了重庆的历史源流，从“抗战岁月”里看见了抗战文化，从“城市之路”里看见了重庆城市的变迁。有人说，一座伟大的城市需要一座伟大的博物馆，重庆中国三峡博物馆就是我们的骄傲。

厚重的大溪沟里，还有大溪沟电厂专家招待所旧址可寻，还有发生在电厂内的“光明保卫战”可听；还有“棫园”可看，这是中华全国文艺界抗敌协会的所在地，还有近百年历史的名校——巴蜀中学可探访，还有张家花园的步道和新打造出来的第八步道可游览。

走出厚重的大溪沟，受益中精神得到了升华。

生于一条伟大的街

周火岛

一个初夏的日子，我又回到了中山四路。

明媚的阳光穿过树叶洒在柏油路上，从上清寺到曾家岩，昔日拥挤肮脏的路边街巷不知何时消失得无影无踪，取而代之的是大面积的长满绿草和珍贵银杏树的草坡，沿街的商铺都仿照民国时代的灰色风格修葺一新，整齐规范，马路两侧的人行道上摆放着硕大的白色花盆，盆中五颜六色的花朵竞相开放，把一条大街装扮得颇像一个丰腴时尚的少妇。市委大院门外的人行道上，几棵黄葛树从路边的石壁缝里顽强地横着生长出来，茂密的枝叶像阔大的华盖，荫蔽着人行道上过往的行人。

我站在人行道上，久久地望着这些飞悬在临街石壁半空中的黄葛树，一股久违的情思涌上心头，像少年时初次嗅到恋人头发里飘散出的体香，让人的心微微颤动。第一次见到它们时，是从我家的窗口上，那时像一棵棵秧苗一样弱小，歪歪倒倒地站在园林工手中的一小团黄泥中，园林工攀在高高的木梯顶端，把小苗一株株塞进石缝里。如果我没有记错的话，那是在 1967 年的夏天，天空中不时划过步枪流弹的尖利呼啸声。

这条街留给我的记忆我从来不太愿意去回忆，不论是童年或者少年。我对它几无好感，厌倦它的冷漠，它的平庸，沉闷的生活如没有终点的流放，日子在这条街上令人窒息地缓慢流动。

后来，没等到我完全长成大人，就离开它了。

当我穿越一生的风雨重新回到中山四路时，它们早已在风雨中生长得枝繁叶茂，树根虬枝像老农脚杆上裸露的青筋，盘根错节地深深地抠进石壁之中，成为这条街上的一道风景奇观。

我生于这条街，长于这条街，但我从不了解它。

我重新走进这条街，不是来寻访儿时的故居，不是来捡拾那些早已锈迹斑斑的生活絮片，而是来寻找在我们孩提时代就一直被隐瞒的这条街的历史，就像石墙上那些扎进缝隙深处的黄葛树根长期被阳光遮蔽那样。

我在思绪中模糊回想起20世纪60年代的一个傍晚。那是在冬天，寒冷的雨雪缓缓无声地飘落，细小的雪花冷得像冰水一样，赤脚踩上去不一会儿就冻得发麻，人行道被过往的行人践踏得全是黑色的泥浆，中山四路像一条浸泡在沼泽中的乡村马车道。城市的氛围却很热烈，路边电线杆上的大喇叭不停地播放着铿锵有力的战斗歌曲。我们从人民小学放学出来，满街的小学生像叽喳归巢的麻雀。这时，一个瘦削的中年人向我们打听求精学堂在哪里，我们被问得一头雾水，不知道该怎样回答。那时我们一点不知道我们身后的市第六中学就是过去的求精学堂，是一个叫鹿依士的美国传教士在1891年创办的教会学堂。

接着，这个人就问了那句该他倒霉的话：求精学堂里的美军司令部撤了没有？这个人穿一件破旧的格子西服，身背背篓，眼神躲躲闪闪的，一看就令人生疑。他这句话一出口，我们立马断定他是暗藏的特务，要不然莫名其妙地在中山四路上打听美国大兵干什么。我们毫不迟疑地一拥而上，马上将他扭送到上清寺派出所，无论他一路上怎么解释或哀求都没用。

这个人落到警察手中之后的命运如何，我们再也不知道，也再不关心。在那个时代，个人的命运犹如洪水中的溺蚁一样微不足道，这样的事根本就不值一提。

将近30年后，有一天，我在家里吃早饭时，随手拿起当天的《重庆晨报》翻阅，突然被报上一条不起眼的本地消息吸引住了。那条消息很短，只讲了一件事，一个由美国二战老兵组成的访问团，在渝期间到中山四路求精中学的盟军司令部旧址参观。这条消息像一股强大的电流，瞬间击中我大脑深处早已休眠多年的记忆神经。二战时盟军司令部真的就在中山四路上？这条乏味透顶的街过去真有过那样的历史吗？我不敢相信。要知道，求精中学是我的母校。

我惊诧地将这条简短的消息反复看了几遍，没看出其他更多的信息。报上登载的这条消息，让我回想起那个雨雪中冻得瑟瑟发抖的中年男人，我这才蓦然意识那个人当时大概想问的是美国人住过的那房子“拆”了没有，但我们凭革命警惕性听出来的是“撤”了没有；在重庆话中，“拆”和“撤”同音。

那个当年被我们交给警察的人没有任何错，无知的是我们，无知使我们的内心变得愚昧。

从我们这一生萌发出了解真相的强烈意识那一刻起，历史靠近我们时，总像重庆冬季特有的灰白色雾岚中的城市景观一样，始终模糊不清，让人永远都在没完没了地猜疑。庆幸的是，随着时间的流逝，历史终于缓缓取下它戴了多年的面具，向公众露出它的真实面容。

所以，当中山四路以它真实的历史形象出现在我们面前时，我深感我们这一代人，或许还有更多的国人这一生是何等的浅薄无知。

我独自徜徉在中山四路上。

这条我童年时就非常熟悉的街，今天于我却又格外陌生。现在的中山四路和我以前的印象大不一样了，过去只有曾家岩 50 号即周公馆一个历史纪念景点，现在经过渝中区政府多年的挖掘保护，整理修复出了二十多处历史遗迹。今天我们看它，就像打开一部童年时就期盼已久的历史教科书，贪婪的瞳仁不愿放过任何一行字句。走在这条街上，如果你细心倾听，你能听见半个多世纪前日本飞机扔下的炸弹发出的巨大爆炸声；如果你细致观看，你能看见国共两党一边在觥筹交错中讨价还价，一边暗中磨刀霍霍，准备生死决战。你若流连在上清寺十字街头，能看见许许多多的中外伟大历史人物匆匆而过的背影，你能感受到你的脚步就踏在那些伟人的步子之后。

如果以中山四路东边尽头的八路军办事处，也就是周公馆为起点，逆嘉陵江而上，向西延伸，你就像走进了一条让人震惊难忘的抗战历史文化长廊，重新回到那烽火连天的抗战岁月。

我漫步在印着我童年足迹的中山四路上，却像一个第一次走进这条街的外地人，从一处处新修复的历史遗迹中，新奇而惊诧地阅读曾经被人为淹没的一页页历史，为这条街蕴藏着如此巨大丰富的历史信息感到震惊。令人难以置信的是，距今 70 年前，在中山四路这条街附近，汇集着中共南方局八路军办事处（周公馆）、国民政府参议院、国民政府接见厅、国民党中央执行

委员会、盟军司令部、蒋介石官邸、张治中公馆（桂园）、潘文华公馆、戴笠公馆、特园、冯玉祥公馆（康庄）、范庄等众多军政核心机关及各界社会名流的公馆。如果顺着沿江公路再往前行进一公里多，是李子坝，那儿有抗战名将李根固、刘湘的公馆，二战中国战区美军参谋长史迪威的旧居等，若再往前走，就是著名的红岩村。

如果说重庆是中国抗战时期的战时首都，是二战东方战区的指挥中心，那么，中山四路就是它的心脏，是二战东方战区的神经中枢。各种党派的爱国精英都云集于中山四路，为打败日本侵略者出谋划策，天下各路英雄豪杰集聚于中山四路各施拳脚，大展身手。多少次悲壮惨烈的抗击日寇的战役在这里制定，一部厚厚的中国抗日战争史，遗漏委屈了这条街上多少殉国的英魂。面对日本飞机对山城的狂轰滥炸，四亿人带血的不屈怒吼，从这里向全世界发出。在抗战最艰难的岁月，宋美龄在高公馆亲自擂鼓指挥嘉陵江上的龙舟大赛，鼓舞人们抗击日寇的决心。宋氏三姐妹在求精学堂里创建的“战时儿童保育院”，拯救了大批因兵燹战乱流离失所的中国孤儿。令日机闻风丧胆的陈纳德将军和美国飞虎队勇士们，在这条街上接受山城男女老少的狂热欢迎。一份份破译的密电和窃取的情报，从这里源源不断地送到中美俄英法各国首脑和高级将领的办公桌上。十万热血知识青年从这里启程，登机前往印度兰姆伽营地接受严格军事整训，两年后，这支卧薪尝胆的中国远征军率先拉开对日还击序幕，在缅甸对日作战中攻无不克，战无不胜，一路所向披靡打回中国。轰炸东京的命令从求精学堂里的盟军司令部作战室电台发出，美军B29轰炸机机群像天空中密密麻麻的鸦阵，直扑日本群岛。中国历史的脚步，在抗战胜利后一直在中山四路的十字路口上，像久病初愈的老人一样徘徊不前，1945年秋天在这里展开的国共重庆谈判，实际上就是未来百年中国的命运，在两个历史人物的手中，在这条街上最后摊牌……就这些，就仅仅这些，眼前这条幽静寂寞的中山四路，难道还不能称之为一条伟大的街吗！

是的，这条街应该冠之以“伟大”一词。这个伟大，不是某个主义的伟大，不是某个历史人物的伟大，是中国人在这条街上写下的历史使它伟大，是我们民族的记忆中最终无法抹去的不朽使它伟大。在中国抵御外来侵略的历史上，你还能在哪一座城市的哪一条街上沉淀的岁月中，找出能够与这条中山四路相比肩的伟大来呢？

而我就生于长于这样一条伟大的街。

暮色已近，我离开了中山四路，像惜别久别的情人，有点恋恋不舍。离开这条曾被年少无知的我妄评为世界上最平庸乏味的街，内心里带着一种沉重的敬畏。

漫步重庆抗战文化长廊

刘运勇

应当地政府部门邀请，几十位文艺家，参观了新近修复的重庆抗战文化长廊。

抗战文化长廊起自曾家岩，终止红岩村，包括上清寺、李子坝和化龙桥。这里，自明朝初年重庆扩城，曾风云变幻，目睹了无数的历史事件。看到就是见证。无论张献忠屠城，还是王尔鉴题景，乃至邹容愤懑而著《革命军》，这块土地，都是神圣的呀，非铜嘴钢牙，不能咬嚼得动分毫！重塑巴人甚至国人，于暴力下，那一份不屈不挠的倔强，当是立意者的愿望。

回顾历史，人们去获得感受，要么领悟，要么不忘。

据导游介绍，修复重庆抗战文化长廊的想法，发轫于纪念抗战胜利 66 周年。中国的历史，尚且积弱积贫，何况腹地重庆。外辱降临，国民政府抵挡不住了，往巴蜀逃来，发现了山城。这里竟是一处“世外桃源”！重庆两江夹峙，激浊扬清，长江中筑有飞机场，实理想至极的后方宝地。国民政府把重庆营造成陪都，一时间，万众咸集，在大山丛中，与日本鬼子的飞机玩藏猫猫，打起了天上地下的游击战。这样一段史实，足够重庆人骄傲；这份骄傲，足以涵养成为自尊。

时上初夏，重庆黄葛树以固有的枝繁叶茂，摇晃着浓绿，新近移植的银杏则高举火炬般的树冠。我们很惬意地走着。不因为往日烽火而踽踽独行，亦不因为今晨风凉不寒而栗，在一段共御外侮的伟大历史画卷面前，心中念兹在兹的，尽是波澜壮阔的英勇和豪壮。

中国能够取得抗日战争的胜利，事实证明，离不开多党合作、民族团结、国民共御外侮。那些历史见证保存在特园里。特园是川军参谋长鲜英的住宅，抗战时期，鲜英应周恩来的建议，将特园提供给各民主党派，用作与中共代表共商国是的场所。首都既沦陷，陪都即首都。国共两党和八个民主党派的代表，摒弃不同的政见，坐在重庆上清寺，喝着同一只茶壶里倒出的老荫茶，结成抗日救国统一战线。四亿中国人因此团结一心。在前线的，冒着敌人的炮火前进；在后方的，把血肉筑成了长城。这是什么力量都打不垮的，反而能够打垮一切敌人。重修抗战文化长廊，就是告诉了我们这个道理。

这座弯弯的长廊里，所包容的，堪称博大精深。

在沙盘之前，我们发现，这座长廊，竟似一把巨型强弩。能识弯弓射大雕？既是长弓，定要射杀鸟儿，那日军零式飞机的命运，就可想而知了。

我们在曾家岩徜徉，夹路银杏，闪耀着翠绿的叶色，有夏木葳蕤的感觉。70 年前，在曾家岩 50 号八路军办事处的周围，左有戴笠公馆，右有警察局派出所，遍布国民党特务机构。他们监视着谁？日本鬼子还不够收拾，要针对友军，简直是小人心性。20 世纪 50 年代末，董必武故地重游，曾有赋诗：

八年抗战此栖身，
三打维支笑语新。
戴笠为人居在右，
总看南北过路人。

三打维支系英语译音面包夹火腿的音译。抗战时期，中共人员住周公馆一三两层，中间夹住国民党特务，犹如面包夹火腿，形象地表现了当时当地的情景。在曾家岩片区，还有国民政府参议院、盟军司令部、桂园等，抗战旧址，多达十一处。

上清寺遥望江北，目光尽处，是巍峨的秦岭。轰轰烈烈的民众抗日壮剧在那些地方上演着。静静的上清寺里，风尽管吹，敌机尽管轰炸，言论尽管激烈，有良心的中国人，以及他们周围的每枝每茎，走过的每道每径，都发出正义的怒吼，高呼打倒日本帝国主义！这声音响彻云霄，织成密网，零式飞机根本就闯不进来，炸弹也无法使之窒息，生命之花最璀璨的那顷刻间，就在此地绽放，所有的花瓣都无比丰美厚实。

李子坝抗战
遗址公园一角
2019

下行往李子坝，沿着长长的嘉陵江岸，我们到了李根固旧居。李根固在抗战时，担任重庆防空司令，是抵御重庆（日机）大轰炸的功臣。从1938年起，日本对战时重庆，进行了长达5年半的战略轰炸。轰炸二百一十八次，出动九千多架次的飞机，投弹一万一千五百枚以上。重庆死于轰炸者超过万人，一万七千余幢房屋被炸毁，大部分繁华市区被破坏。我们重庆在大轰炸中傲然屹立。重庆的每一片树叶，都被炮火熏烤过；重庆的每一棵树，都被炮弹气浪掀动过。那些黄葛树下，至今传说英雄故事，沉甸甸的，宛若准备还击的炮弹。李子坝背山临江，为公馆区。交通银行、国民政府军事参议院、大公报社曾在坝间筑庐办公，刘湘、高显鉴、郭沫若、孙科、史迪威都留有旧居，前即化龙桥，如今尽复旧观，那一场波澜壮阔的历史，徐徐于眼前展开。

人往前走，思绪波翻浪滚，感觉近乎去朝圣。

传说，化龙桥之名得自明代，朱棣随一老僧游历，见此地风景绝佳，弃舟登岸，经过一桥时，长天突降虹云。朱棣隐没云中，不见踪迹。老僧击节赞叹：这就是帝王之相呀！后来，朱棣登基为帝，便有化龙桥、龙隐路、小龙坎、龙门浩诸地名，流传至今。

哪个想得到朱棣会看中了重庆，于嘉陵江边化龙，得到偌大个江山？

渝中半岛向后延伸，其北翼，即闻名遐迩的化龙桥。因浮图关和虎头岩高耸，使鹅岭山势，更显险峻和陡峭，呈曲颈高歌之姿。而山际线和江际线合围怀揽，化龙桥片区，恰如一片柳叶，黏附在嘉陵江畔。历史上，化龙桥与朝天门和磁器口齐名，为中药材、水果、陶瓷物资集散的重要水码头。化龙桥上方的虎头岩，尚存赫赫有名的新华日报社总馆旧址；中共中央南方局和八路军驻重庆办事处位于龙隐路，老一辈无产阶级革命家毛泽东、周恩来、董必武、叶剑英等，都在这里办公住宿过；建于20世纪30年代的西式建筑，1949年后成为画家村，是四川版画的发源地；为纪念中美战时友谊，盟军中国战区参谋长史迪威将军纪念馆，也位于化龙桥片区。在山中，还隐蔽着许多历史建筑物，如防空洞、红岩礼堂、红岩托儿所、红岩历史博物馆等，都深深地见证化龙桥地区浓厚的风土人文。潜龙在渊。听同行介绍说，以修复抗战文化长廊始，化龙桥在不断发展中，还会留下更为辉煌灿烂的历史文化，供后辈儿女瞻仰和崇拜。

站在化龙桥前，陡地发现：其外沿，恰是汹涌澎湃的嘉陵江；内侧高耸的鹅岭，又势接天壤，仿佛巨人弯弓搭箭。箭在弦上而不得不发。如今浏览这一切，该是对这类文化的重新认识并从中获得奋发的精神。

风云际会之桂园

朱一平

当你行走在渝中区上清寺中山四路一带，不时会瞥见一栋栋青砖的两层小楼，悄然坐落在高楼大厦之间，它们并不显眼，但又逃不过你的双眼，就像一个过气的贵族，不再光鲜，但其高贵的气场依然犹存。只要稍微翻阅近代史册，你对这条街这些小楼顿时会刮目相看。在这条路上，在这些小楼里，那些震惊中外、气贯长虹的重量级人物曾经行走在这里，曾经在小楼里共商国家民族大事……风云际会之胜地啊！

抗战时期，重庆是中国的战时首都，也是世界反法西斯战争远东指挥中心。上清寺这一带，是许多重大历史事件的发生地，重要历史人物的居住地。桂园便是其中一栋。

我是在一个夏日的中午踏进桂园的。太阳朗照，热气升腾，一步入拱形的石头门楼，一股凉风从园内拂面而出，仿佛裹挟着往事袭来。四株高大的桂花树，枝繁叶茂，满眼苍翠，投下满园的树荫。如今，生长缓慢的桂花树已经与两层楼房齐高，开起花来，肯定是香透满园，香溢墙外。而如今，人去楼空，那些惊心动魄的历史时刻，只有桂树是“见证人”了。从 1945 年 8 月到 10 月，毛泽东与蒋介石历时 43 天的谈判期间，毛泽东、周恩来在此多次会见了各党派人士和社会各界人士。

为什么会选择桂园呢？这不得不提到桂园的主人张治中。

也许因为，张治中是唯一一位没有同共产党打过仗的国民党将领，被人们称为“和平将军”。

平民出生的张治中，外貌清俊爽朗，一生的理想是打造一个国泰民安的清明社会，一步步走到国民党高位，靠的是自身的努力。

桂园，是1939年张治中任国民政府军事委员会委员长侍从室一处主任(分管军事)时租下的。迁居入住时，张治中亲手种下桂花树，并启用父亲“桂徽”名字，将此小院命名为“桂园”。

之前，张治中一家住在5里外的老城金汤街，迁居桂园是有缘由的。张治中每天上班用的那辆车，很破旧。这时，侍从室计划为蒋介石在香港购买两辆新车，考虑到侍一处办事繁杂且时间紧迫，车子又破，就决定多买一辆，归张治中调派使用。在侍从室的会上，这件事一致通过了。过了两天，张治中突然觉得不对劲，自省：进了侍从室，事情还没有做出个样子，怎么倒替自己把车买下了。做事为人一向谨慎的他，一是宣布不买车；二是搬家。于是举家搬到了上清寺的桂园。这里，离蒋介石的住地德安里不足500米，步行不过10分钟。距离周遭的国民党中央党政军机关也不过一箭之遥。直到张治中离开侍从室，都没有购置新车，多数时间是步行出入机关。类似这类严于律己、“公忠体国”之举，也是张治中能坐稳内府、畅行仕途的一个重要原因。（摘自桂园馆内简介）

对重庆谈判，张治中是最执着、最投入，也是最活跃的一位。他是邀请毛泽东到重庆谈判的倡议者之一，并且亲自迎送，更是举家腾出桂园，为毛泽东和中共代表提供活动场所。于是，桂园便成为风云际会之地！

在谈判多次陷入僵局时，张治中知难而上，频繁奔走斡旋。其秘书余湛邦亲眼所见：“他时而冥思苦想，时而摇头叹息，或则绕室彷徨，或则喃喃自语，显得饮食无心，坐立不安，这一切使我深为感动，留下了不可磨灭的印象。”（摘自桂园馆内简介）

经过43天的艰苦谈判，1945年10月10日下午6时，在桂园，终于达成了名为《政府与中共代表会谈纪要》（即《双十协定》）。这是一份凝聚着国共两党和全中国人民多年追求和集体智慧的历史文件，是中华民族社会政治进程中一座垂范永久的里程碑。

中华人民共和国建立后，张治中历任西北军政委员会副主席、全国人民代表大会常务委员会副委员长、中华人民共和国国防委员会副主席、政协全国委员会委员、中国国民党革命委员会中央副主席等职，对促进民族团结和社会主义建设事业，做出了贡献。1969年4月6日，张治中在北京逝世。

站在桂园底楼东间会客厅，即“双十协定”的产生地前，只见镶着白色细条的12个蓝布沙发，静静等候着什么，茶几上摆着青花茶具，厅内有一书桌，罩着白桌布，上面有毛笔、砚台、笔洗等等，浅驼色的地毯上印有紫蓝色的图案，南墙上悬挂了孙中山先生手书“天下为公”的横匾，东墙悬挂的是蒋介石手书戚继光的语录：“若谓战无不胜，固属欺人之谈，然劲敌从来为尝不败……”西墙是女画家红薇老人画的一幅花卉，北墙是一幅《秦淮夜泊图》，整个会客厅的布置，透出桂园主人张治中的胸怀与情调。

这里曾经群英荟萃，各路英雄纷至沓来，高谈阔论中华民族的前途大业。如今，这里的一切都濡染岁月的痕迹，如同一张黑白老照片，悄然定格于历史瞬间，淡定地迎接前来拜谒的人们。

第五卷

大坪和它的『关』

两路口的记忆

徐朝贵

我的童年、少年和青年时代，甚至我的前半生都是在两路口度过的。在我的骨子里，有一种深深的两路口情结。我始终忘不了那连接上半城（两路口）与下半城（菜园坝）的缆车站，忘不了那风光一时的山城宽银幕电影院，忘不了那历尽沧桑的跳伞塔，忘不了那曾经常泡的西南图书馆，还有大田湾的足球场、长江路的七拱桥、建兴坡的背街老巷……

永远的“宽银幕”

建于1960年的山城宽银幕电影院，屹立在中山路和长江路的交会处，它恢宏的建筑气势和先进的放映技术，引领过一个时代的文化潮流。那五根高大的花岗石柱和宏伟的拱形屋顶，那迷离闪烁的霓虹灯和人头攒动的场景，是我心中永不磨灭的记忆。如果说，人民大礼堂和大田湾体育场是重庆20世纪50年代的建筑地标的话，那么山城宽银幕电影院则是重庆20世纪60年代当之无愧的建筑地标。直到1989年，山城宽银幕电影院仍然被评为重庆市十大标志建筑之一，在国外被誉为“建筑结构纪念碑”。

遥想儿时的夏夜，我们这群“追风少年”总喜欢聚集在电影院的喷水池前神吹鬼侃。讲“一双绣花鞋”，讲“珊瑚坝金鸭儿的传说”……实在困了，就跳到水池里洗个澡，然后回到家门口，躺在铺在人行道边的凉板上呼呼大睡，直至天亮。

我清楚地记得，在宽银幕电影看的第一部片子是长春电影制片厂拍摄的

記憶中的
跳伞塔

由浦克、田方等主演的《风从东方来》。它反映的是20世纪50年代，苏联专家帮助我国兴建大型水电站，在战胜特大洪峰的抢险过程中，与中国工人所凝结成的兄弟般的友谊。后来又陆续看了《甲午风云》《聂耳》《红珊瑚》《冰山上的来客》《洪湖赤卫队》《刘三姐》《塔曼果》等中外的优秀影片，许多的故事情节至今都记忆犹新。最好笑的是看宽银幕立体故事片《魔术师的奇遇》时，银幕上魔术师甩过来的钓鱼竿就像要勾到我们的鼻子，吓得许多观众赶紧用手去挡鱼钩，有的还发出惊悸的尖叫。

20世纪80年代后期，随着电视的普及和国产电影业的衰败，山城宽银幕电影院也难逃厄运。1996年初，在重庆市的第一次房地产开发高潮中，一位皮包外商天花乱坠的描绘迷惑了当局的“长官意志”，山城宽银幕电影院终于被拆除了。这座屹立重庆闹市街头30多年的地标性建筑轰然倒地，这张盛极一时的重庆城市名片，就仅存于人们的记忆之中了。对此，重庆市民颇有微词。我也常常想，为什么悉尼歌剧院、巴黎圣母院、伦敦大教堂、纽约音乐厅，乃至世界许多城市的市政厅、火车站、中央广场等，虽然年代久远却依然保存完好？而我们却为何如此不重视体现一个城市文明和城市发展轨迹的建筑标识呢？旧城改造可不是旧城毁损啊！

20年了，“重建地标性建筑”的豪言壮语言犹在耳，但山城宽银幕电影院的旧址却依然是一片废墟。我不清楚，这到底是历史的阵痛还是历史的教训，是历史的悲剧还是历史的必然？我只知道，山城宽银幕电影院是我心中永远的丰碑和永远的骄傲，也是我心中永远的悲哀和永远的伤痛。所以我一直期待，山城宽银幕电影院的“凤凰涅槃”，期待哪一天，一座地标性的建筑会重新支撑起两路口的天空。

缆车站的故事

好个重庆城，山高路不平。从江边到城里，从下半城到上半城，相对高度多在50米以上。缆车，就是重庆城特有的爬坡上坎的交通工具。连接菜园坝火车站到两路口的缆车线，建于1954年，全长146米，高差52米，每个车厢可装60人左右。从我记事开始，那缆车站天天都是人流如织、熙来攘往。从早上六点半到晚上十点半，那两辆白底蓝身的“甲壳虫”就呼哧呼哧地喘着大气，不停地奔忙。成千上万的旅客提包扛箱，扶老携幼，在这里上上下下、来来往往。逢年过节，排队买票乘车的“长龙”足足有一二百米，我曾听见缆车站负责撕票的检票员张嬢嬢对我妈说：太累了，手都撕软了。两路口缆车站这部全国独有的“景观大片”，一直上演到1996年才光荣谢幕。横空出世的皇冠大扶梯，成了缆车线最后的终结者。

儿时，我最喜欢在家里的窗口上看缆车的交会。我觉得，缆车线中央那“鱼腹式”的轨道很神奇，它总会让眼看就要相撞的两辆缆车擦肩而过，相安无事。我搞不懂这是什么原因，所以在一次缆车检修日，我混进了缆车站，并特意趴在那“鱼腹式”的轨道边上察看。许是年纪太小、文化又少的原因吧，我始终不知其所以然。

有一次，我从家里偷偷拿了一分钱，买了一张下行的缆车票。到了菜园坝站我躲在车厢角落没下来，又随车返回了两路口。这样上上下下，至少有七八趟。下车时，被检票人一把抓住，吓得我魂飞魄散。但那叔叔只说了一句话：“快回家吃饭吧，免得妈妈担心！”我连谢都没有谢一声，便飞奔而逃。过了几天，我和一群小伙伴在缆车站前玩“蛇保蛋”的游戏，碰巧被那叔叔瞅见了，他玩笑般地问我：“小崽儿，还想不想坐缆车？今天我又值班哟！”我摇了摇头，赶紧向他道谢。

那时候，重庆家家户户都是烧煤球。两路口没有煤球店，我们都是到菜园坝的煤场去买。若挑两筐百十斤重的煤球坐缆车回家，客票和货票共需8分钱。我和二哥（大哥当兵去了）常常是轮流挑担、互相勉励，沿着那建兴坡陡峭的石梯慢慢向上攀爬。上上下下的缆车在轨道上默默地注视着我们兄弟俩，那车轮嘎吱嘎吱的吼声，仿佛在为我们鼓掌加油。回到家里，汗水虽然湿透了衣衫，但却掩不住我们内心的喜悦，因为我们毕竟为贫寒的家庭节约了8分钱，为多病的父母分了一点忧。

1969年早春，我们要下乡插队了，心也变得有些狂野。我想搞一顶军帽戴着到农村去，那多神气啊！望着窗外那两辆在“鱼腹式”轨道上交会的缆车，我灵机一动，想出一个“飞军帽”的鬼点子来。我找来两个伙伴，晚饭后，便登上去菜园坝的缆车。我站在缆车门口，把头伸了出去，由菜园坝上来的缆车慢慢驶过来，有四五个穿着军装、身背行李的退伍军人也在车门口打望。我心中一阵狂喜，朝他们挥手，他们也向我们点头，就在两车相会的那一瞬间，我们突然把手伸过去，两顶崭新的军帽便魔术般地从他们头上“飞”到了我们的头上。那几位兵哥哥气得直跺脚，无奈背道而驰的缆车已渐行渐远；只一会儿，我们几个浑小子已出了车站，并很快消失于茫茫夜色之中。荒唐年代发生的这个荒唐故事，让我自责和内疚了几十年。

皇冠大扶梯开张营运那天，我还专门去两路口坐了一趟这亚洲最长的坡地扶梯。虽然它舒适而安全，但却封闭在隧道般狭小的空间里，让人感到压抑。我再也找不到在缆车上打望的感觉，再也看不到两路口街坊邻居的吊脚楼和建兴坡上车水马龙的盛况了。

童年的老街

山城宽银幕电影院背后有一条青石铺就的狭长街市，就是最早的两路口老街。印象中的老街，大都是些低矮的青瓦房，木窗、木门、木隔板，也有用石灰和竹篾片砌成的白照壁，很是古朴，颇具巴渝特色。菜市场车水马龙、人声鼎沸的情景只有在清晨才会出现。而整个大白天，老街都显得冷清和寂寥。低矮的屋檐下，常常可见捧着水烟壶、叼着大烟杆的老爷子，还有坐在大脚盆前边洗衣物边唠家常的老大妈。大人们上班后，这条街几乎就是孩子们的天下了。“逮猫”“斗鸡”“打卡嘣”是我们的拿手好戏，狭长的小街、狭窄的巷道、房前屋后的角落，无处不留有我们的脚印。

有个叫斯可的小伙伴，家住在公厕旁边不远的诊所里。他成绩很好，是少先队的干部，其父好像是医生。放学后，同学们时常去他家做作业或玩耍。斯可家对面是一个大院，大院的入口是用条石砌成的两扇弧形石门，像岗楼一样，右边石门上题有“金城别墅”四个字。大院里有三栋小洋楼，每栋楼都是三层。三栋楼合围而建，既显大气又很别致。在两路口老街真的算得上鹤立鸡群、气度非凡了。我那时不认识这个别墅的“墅”字，而是按四川人认字认半边的习俗把它理解为“野”字，错把“金城别墅”念成“金城别野”。斯可没有笑我，而是悄悄帮我纠正了这一错误，成为我的一字之师。所以，我一直对他心存感念。许多年后，斯可成了我市一所重点中学语文教研组的组长。我想，应该是他聪颖的天赋与平和的性格所致吧！

金城别墅里住的人家，好像都是些国家干部，家里的装修和摆设在 20 世纪的50年代堪称豪华，什么卫生间、壁炉、壁橱、沙发等一应俱有。正是由于如此，大院里的人与居住在吊脚楼的普通百姓似乎有些格格不入，似有“鸡犬相闻老死不相往来”的感觉。而我们这些穷小子对金城别墅的人也心存戒备，很少到里边去惹是生非。我们还听老辈人说，这座别墅以前是银行老板的公馆，里面有金库，金库里有暗道暗器等。这更增加了人们对金城别墅的敬畏和神秘之感。

后来，全国城乡都办起了集体食堂，男女老少都吃上了大锅饭，说是要跑步进入共产主义社会。我们中山三路的食堂就办在两路口菜市场场口的那栋老房子里。这里一下又“沸腾”起来，端着锅盆、手举饭票的“社员”一下涌入菜市场，那争先恐后的步履，那排队打饭的“长蛇阵”，那一张张饥渴难耐的瘦削面孔，那一声声阻止插队的呜嘘呐喊，至今都还在脑海里翻滚不息。

有一天中午，我端着一盆刚从食堂打来的罐罐饭，急匆匆地往家里赶，因为家里人都在等饭下肚呢！当我走在山城宽银幕电影院前时，忽听背后传来急促的脚步声，还没等我回头，一只枯瘦而肮脏的大手已伸向饭盆，一个蓬头垢面、衣衫褴褛的汉子，抓起饭团就往嘴里塞。我在一旁惊呆了，过往行人的拳头雨点般地落在那汉子身上；他却全然不顾，趴在地上，把洒落一地的饭粒捧往嘴里，吃得伸颈伸颈的。然后起身，若无其事地离开。

当时，人们把这种在街上抓东西吃的人叫“抓鸡儿”，他们大都是在农村吃不饱饭而流浪到城市里来行乞的农民。由于城市里的人也处于半饥饿状态，行乞者自然讨不到一丁半点残汤剩饭。行乞不成，行“抢”又是犯罪，万般无奈之下，只好行“抓”了。“抓鸡儿”之职业由此而生，“抓鸡儿”之名谓也因此而成。肖家沟一带流落有不少这种亦乞亦抓的“抓鸡儿”。晚上，他们就睡在缆车站门前或两路口堡坎上。早上起来，常见有饿死街头的乞丐。有一天我去上学，见堡坎那里围有许多人，说是一个在堡坎上睡觉的乞丐从上面摔下去，已经死了。从衣服和体形上看，好像是我曾经遭遇过的那个“抓鸡儿”，我顿感头皮发麻心发慌，于是便转身而跑……

难忘啊，饥饿的岁月，永远不要再来。

那三层马路的时光

疏影

在重庆，你会遇到很多匪夷所思的事情——比如，汽车在屋顶上风驰电掣，比如，轻轨站“穿”居民楼而过，还比如，被分成三层的马路。

重庆“三层马路”遐迩闻名，充满了神秘与诱惑。在重庆有着十分特殊的含义，也是一条迷人的老马路。

广义的三层马路是指从李子坝抗战遗址公园往上，最终到达鹅岭正街的整个街区。而狭义的三层马路是指从李子坝正街公路边一幢砖砌两层小楼（原民国时期意大利银行金库）为岔路分界，经由史迪威将军故居和农工民主党旧址到达鹅岭重庆印制二厂文创园区的道路，从江边看去恰好分为三层。

三层马路倚山面水，层峦叠嶂，葱葱郁郁，是朱雀翔舞的风水宝地，也是抗战时期重庆最繁华的街区，集中了中国政治、军事、外交、文化、经济、金融等诸多重要机构。保留至今的二战同盟国远东战区参谋长史迪威将军故居、重庆谈判旧址群、中国农工民主党中央机关旧址、国民政府军事参议院、财政部金库、交通银行学校、美国驻华大使馆俱乐部、飞虎队队员宿舍，以及孙科公馆、刘湘公馆、李根固公馆、吴铁城官邸、高显鉴公馆等都坐落于此，鳞次栉比。

而如今，硝烟散尽，广袤的山野寂静优美，古树参天，草木葱茏。高大的黄葛树、梧桐、银杏、香樟、松树、杉树、重阳木、小叶榕、翠竹，连绵起伏。然而最惹眼的还是爬满崖壁的爬山虎了。夏天的阳光映射过来，风一吹，满壁藤蔓牵扯的爬山虎就像余韵悠然的动漫，撩人心弦。

浓荫匝地。三角梅、迎春花漫不经心地开放着，偶尔一列飞驰的轻轨列

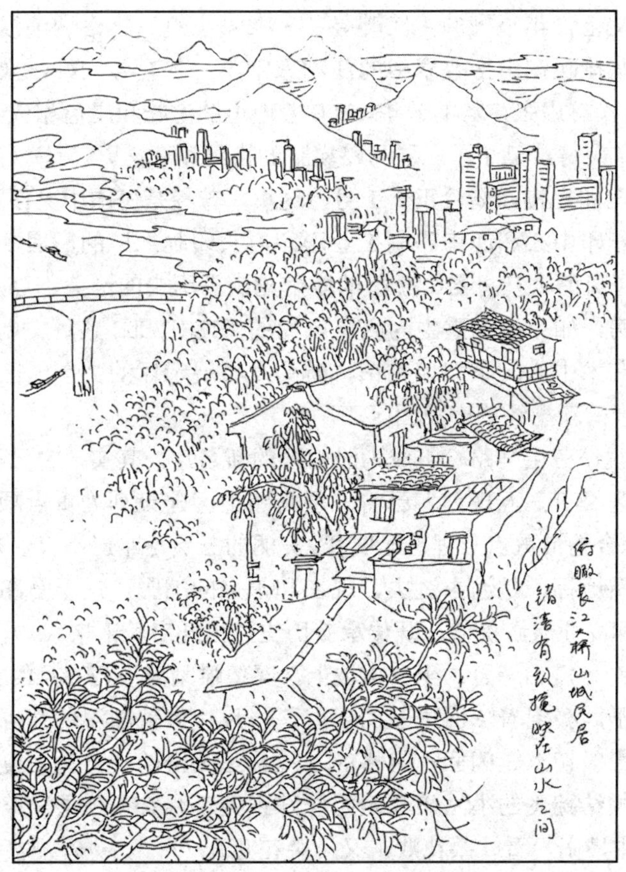
俯瞰長江大桥 山城民居
錯落有致 掩映在山水之间

车呼啸而过，嘉陵江水波光粼粼。漫步其间，那些静谧的抗战文化遗址和故居，那些充满老重庆特色的老街民居，一层一层打动肺腑。还有那些错落有致充满重庆本土气息的江湖菜馆——好吃不过的“茶泡饭”、美味馋人的“巴香苑乌鱼花”、气质狂野的“李子坝梁山鸡”、集休闲度假餐饮为一体的“周氏山庄”、文艺青年小聚的“江畔寻花·咖啡小筑”、格调浪漫的“花和海的椒”，这些掩映在山峦叠翠中的江湖家常菜，各有各的好，像重庆的江水和山峰一样，没有虚张声势的繁华，却有着地道的滋味和唇齿相依的宁静友善。美食、美景、美德，赋予了三层马路崭新的格局和意义。

在三层马路之巅，鹅岭正街 1 号，这里，曾经是民国中央银行的印钞厂，也曾是重庆彩印中心和西南印刷工业彩印巨头印制二厂的厂房，老旧的木制楼梯、锈迹斑斑的大型机器、脱落的墙壁刻满了历史的沧桑，这些有着 77 年历史的老厂房，如今涅槃重生为高雅风尚的“TESTBED2 贰厂文创公园”。这个拥有大型艺术中心、小型博物馆、新品发布展示厅的文创园区，为重庆带来参与感极强的新型经济产业园区。

曾有人说，三层马路，将成为渝中区的新名片，其实，它已经功成名就。重庆市渝中区“十三五规划”已将三层马路街区建设列为重点项目，“一岸一线”环境综合整治重点工程也已展开。美丽的三层马路已不仅仅是一条马路，它是重庆的新地标，是渝中过去、现在和未来的缩影。三层马路，独特的经济文化价值和商业旅游价值，既传承着历史，也开启着未来。

红花灼灼，漫山遍野。坐在山坡上，凝望雕刻着不朽岁月的石梯，石墙，石窗，石屋子，凝望着陈旧斑驳的老屋，一片片缄默潮湿的瓦砾青苔，脑子里如宽屏电影般切入、闪回，定格的是一丛丛茂密的夹竹桃，漫山遍野。那个发梢上蝴蝶结翻飞的小姑娘和姐姐妹妹正笑着跳着在三层马路老屋坡岭前后的夹竹桃中嬉闹，看一朵花败，又一朵花儿开……

鹅岭的前世今生

漆园子

从枇杷山正街往两路口前行，这长长一条小街，过去有博物馆和图书馆让人勾留。自两馆搬离此地之后，已多年不曾光顾。再来，才发现，这条古代出城的要道，已被现代建筑逼成少有人知晓的背街。只有远处的鹅岭葱茂如旧。

古代交通以水路为主，所以巴人有“一出夔门天地宽”之叹。他们要在码头跪接圣旨，朝天门便是城市的门户，鹅岭只是后山。虽说是后山，但它是母城的制高点，千年万代地站在那里俯瞰全城，山形地貌都没有遭受当下地产开发的摧残。虽然近年有数不清的高楼无节制地生长，连伟岸的解放碑都被挤压成一根牙签，却没有什么建筑能够高过鹅岭。

晚清，云南人李湛阳、李龢阳兄弟将鹅岭辟为礼园。民国二十六年（1937年）重庆人向楚主编的《巴县志》对此亦有记载：礼园“居鹅岭高处，占两江之胜”。所谓“胜”，在这里是好地方的意思。鹅岭作为形胜之地被圈禁，只有清末到民国这短暂的几十年。在历史的长河中，几十年只能算一瞬。1949 年之后，鹅岭从私园又变成了公园。国人向来有登高的雅好。那时，踌躇满志的胜利者在这里俯瞰两河，指点江山；企盼安宁生活的平民百姓，来这里踏青，秋天赏菊，冬天看梅。小孩子目力好，也要在这里看大雁飞越鹅岭，看白鹭早晨在长江觅食、晚上在嘉陵江下蛋。

更早的时候，重庆还是巴国，巴人在高山大河之间讨生活，成就了旷达、慷慨、耿直而不惜命的性格，所以产生个把割头换地的将军，一点都不稀奇。公元前 300 多年，当那个为后来的秦王嬴政扫灭六国打下基础的秦惠文王，派长袖善舞、纵横捭阖的张仪来此筑城并命名“江州”之时，无远弗届的华夏文明推开了夔门。于是重庆这座城，在历史的长河中不断更换名称：江州、巴郡、巴县、渝州、重庆府、重庆路，甚至在南齐永明五年，还被叫作垫江。巴人开始读书习礼，在通远门和朝天门之间弹琴赋诗，在千厮门和望龙门码头把货物买进卖出。

林木参天、虎豹横行的鹅岭，还只是一个狩猎的场地。

夏季洪水泛滥，大河凶险，水路就不是唯一的通衢。那些进宫朝觐的官员、怀揣调令的迁客、押货的镖客以及仗剑出行的游侠，取道旱路，从浮图关出城，是一个不得已的选择。这个“环带两江，控巴城之咽喉”的关隘，如果不是鹅岭伸出去那不到一公里宽的山脊横插一杠，山岳不让河流地屹立于此，两条大河就差点在这里交汇，重庆的地形图就要重新绘制。这个地方，《巴县志》里记为“鹅项岭”，后被当地人讹称为“鹅项颈”。

游侠与行商弃水道走旱路时，大都行色匆匆飘过鹅岭。但是即将远行的迁客骚人却会在这里停留。他们像后来的秦观那样“独携三尺琴，笑别妻与孥”，然后登上鹅岭，揖别友人和兄弟，用一杯薄酒以壮行色。然后他们翻身上马，踏踏的蹄音没入烟霞苍茫的浮图关。走出此地，便满眼荒塍野岸、寂无人烟。山那边的白市驿，在日暮的尽头等他去投宿。

而那些落第的书生、谪守巴郡的迁客，当他们仕途无望、报国无门而孤愤难遣的时候，也会在落日楼头，断鸿声里，登高一望，把两江亭的栏杆拍遍，甚至把栏杆拍断。

及至晚唐，官僚士大夫开始征歌买舞，聚众冶游，《韩熙载夜宴图》就是证据。这样的风习延续到近代，才有李氏家族在这里筑石屋、修绳桥、建回廊、造飞阁，把个虎啸龙吟的鹅岭改造成了婉约低回的苏州园林。历任园主皆乐于邀集各路名流雅集于此作长夜饮。

历史的风雨就这样一年一年吹拂着鹅岭，送走一拨又一拨过客。直到20世纪70年代，我才踏入这里。我来得太晚了，晚得连鹅岭都变成了红岭了。但是，这片园子对于重庆却如此重要，即便“文革”期间，也有军队把守，闲人免进。而我就读的中学与关闭的公园相邻，于是常常翻墙而入，无意中成就了我历史性的登临。可惜那时我们沉沦在“读书无用论”的泥沼里，更没有读过登临诗。虽然年少轻狂，置身高台，看见栏杆都不晓得拍。

鷲嶺
2019.8.LXJ

所以在我十五六岁的时候，虽然一再地登临鹅岭，本该手挥五弦、目送归鸿地优雅一把，却让历史的沙尘暴弄得满面尘灰。

等我终于读到史上那些激荡胸膺的登临诗时，我那隔绝30余年无消息的叔父回来寻亲。或许，在他求学的时候也曾背着书包登临过鹅岭？而他们那个读书有用的时代，童蒙时期诵读的那些开启心智的登临佳作、青壮时期在海峡那边的安宁生活，使他出落成一个俊朗儒雅的老兵。

叔父自然要去鹅岭怀旧。“旧江山浑是新愁”呀！叔父老泪纵横，把栏干拍遍，把南宋词人刘后村的《唐多令》一字不落地背了一遍。

后村词曰，“20年重过南楼”。其实我与鹅岭相离得更远，30年后才来重游。在这个落英缤纷的初夏，我们一大群人，纵然再现了孟浩然诗“江山留胜迹，我辈复登临”的情景，但是，经过30年时间的磨洗，当年的轻狂、自负，以及目空一切，皆荡然无存。

800年前，刘后村在武昌黄鹄山登南楼时说：“欲饮桂花同载酒，终不似，少年游。”

我也是这样想的。

一座城市的纯真遗址

宋尾

很偶然的，陪着一行朋友上了一趟鹅岭。

不知道说起“鹅岭”你会想到什么？也许是夜眺江景；也许是儿时春游；也许是已成黑白底片的菊展；也许是，青涩爱恋。但于我这个“渝漂”而言，鹅岭只是一幅静默的水粉画，有背景，有线条，有轮廓，有方位，但却没有内容。她像是一个熟悉的陌生人。

虽是第一次来，竟然也毫无隔离感。午后的鹅岭，有点荒芜，有点懒散。所见多为老者、平民，阳光下垂钓、打牌，悠然自得。同行者多为重庆土著文化人，俨然每个人都有一份薄薄的记忆被时光切除，小心翼翼地埋在这里。听着他们讲述从前，我既有不在场者的空白，又有旁观者的新鲜。所以，我看到的鹅岭也许与他们不甚相同。这在于他们眼前的鹅岭是与记忆的线头纠缠不清的“过去”，这儿是他的童年，那儿是她翻过的围墙……而我看到的鹅岭只是“此际”——散步者，寥落的老年伴侣，浓荫老树，溘然无声的石室，露天里红衣妇女打麻将嗑掉的一地瓜子壳。由这点可以看出，我并不是一个合格的仰慕者和旅人，天性使然，每到各地我不关心“景点”，而青睐琐碎的事物。

但是，在榕湖绳桥边，我还是停留了很久。在我眼前，它们褪去了被艺术夸饰的美感，但有着被岁月边缘化的轮廓，那种经历尘世的粗粝感，或许是任何技术无法达到的。据说，鹅岭曾是重庆的约会胜地，而榕湖绳桥则是恋人们来鹅岭的必到之处。我能想象到，倒退 30 年，多少恋人曾漫步于此，在那些年岁，他们若无其事的脸孔下面，其实燃烧着一种由单纯、羞涩、热

情以及抑制于心的欲望相交织的东西，那就是爱情——如果对照今天，它便是一种“纯真”。而今，年轻人都不来公园了，这个时代还会有这样朴素的爱情吗？

鹅岭的原主人，李耀庭，一个军阀出身的盐商，为何会筑这样一个苏式园林？而且，绳桥的奇、榕湖的雅，两者共同构成的形象和意蕴，是如此细腻的女性色彩。后来才知，园林的创意、设计及施工，均为其子李龢阳在大量研习苏州园林后完成的。我所见的绳桥，就是他指导石工所建。所谓历史，往往就是这么冷冰而死板，它们太宏大，太表面，只映照那些壮阔的传奇，却隐瞒了具体的人的情感，轻易就抹掉了那些细微但真切的细节——我宁愿相信，这是创建者送给爱人的一件礼物。

事实上，这片园林真的就是一份“礼物”——30年前她是恋人们的聚集地；30年后的今天，她因为充沛的积淀而成了一个纯真年代的遗址。听说，情人节时，一个小女孩专门寻来鹅岭，拿着微微泛黄的老照片，到父母当年约会的地方，找到当时合影的角落，举起老照片，翻拍下来，然后送给父母。

这多有意思！“故事”就是这么延展的，也可以说，情感就是如此延续的。

这有点像我见到的绳桥。据说绳桥上的石栏是用整块石头削砍打磨而成，但细心察看，合缝还是有的。有一截石栏，显然是遭过某种破坏，后来才填补好。这石栏就像是一个隐喻。我们认识、喜爱这个城市的某些标识物，往往并不是因为其建筑有多重要，空间有多震撼；更不是因为具体的造型、尺寸、工程量，对我们来说这些毫无意义。我们之所以记得它，是因为我们的个人历史同这个空间区域有过关联。

其实，对鹅岭我并非完全没有回忆。这是一个有点忧伤的故事，事实上，确实也跟鹅岭的景物无关，而只与鹅岭这个地名相关。

10 年前，一位即将大学毕业的男孩和女友租了房子，非常热情地邀我来吃饭。电话里他告诉我地点在鹅岭。我在鹅岭站下车，沿着陡峭的坡道向江边走了很久，最后在一溜破烂的平房里找到他们——大约十平方米，黢黑，除了床、锅灶和一堆书，什么都没有。小两口合力弄了一桌菜，喝完了一瓶老白干，我醉醺醺地回去了，等上完坡到公路上，我腿都瘫了。

这个故事有什么含义呢。也许什么都没有。只是，这天在鹅岭向下俯瞰时，我突然就看见了他住过的那个崖壁——现在那里是一片轰隆隆的建筑工地。只是，我突然就理解了，他为何蜗居着却能如此满足，因为他终于有了一个“家”。一个简陋但有炊烟，有赤裸和性的自由的空间。那是一种对集体生活和对个体生活的叛逃后的喜悦。这也是爱的必然途径。

他们很快分开了，然后，他也“消失”了。将近 10 年，我们没再联系。我想，那时，他和那个女孩，是否也曾来过鹅岭呢？也许，他们上完一天班后，根本没有力气往上爬了。

如今，他的爱情遗址荡然无存。但鹅岭却始终不会变——这才是最重要的。在我看来，鹅岭就是一个“意象”，是一座灰色的，陈旧的，但庄严的“博物馆”：这里存放着，这座城市无数凝固或消散的往昔纯真。

佛图关纪事

李元胜

佛图关小路
几年没到，它又完成了一次涂改
更难辨认往日的蛛丝马迹
黄叶飞动的树林和小路
仿佛一封模糊的旧信
每次读，都有新的发现——
我曾是多么粗心的人啊
我缓慢地读，若有所思地读
鸟群惊起，肩部没入暮色

这首诗是我2007年写的，那天在鹅岭附近等一个聚会，早到了一个小时，索性去了佛图关，独自在幽深的小道上散步，想起了很多事情，这些诗句便自己涌了出来。其实每个人的每个时期都是深渊，只是看你是否有兴趣去探视，有时候是看你是否有勇气去探测。当然，这种探视须一个人悄悄进行，就像我在那天的状态。那次散步因此挺有意思的。

那一次去佛图关，距离上一次，转眼间竟有好几年，我和文友们不知不觉从佛图关撤离了，不管是喝茶、喝酒还是吃饭，都换到了别的地方。原因并不是这个地方茶会衰落了，恰恰相反，是可以一群人安静聊天吃饭的佛图关，已经有了越来越多的喜爱者。常常没有好的茶位，吃饭也需排队等候，经常引起同伴们的抱怨。这些原因，促使我们寻找更安静的地方。之后，我们去了很多地方，但比较多的是新起的洪崖洞，它的半山花园因为隐藏得好，亭子里又可看两江夜色，清静美妙。再后来，我们这群文友，自己在南岸创办了少数花园，闹中取静的小院气息中，我们终于有了自己的根据地。

还是说佛图关吧。我第一次去佛图关，是参加单位组织的植树活动。那时佛图关刚开始建设，石梯都没铺完。陡峭的坡上，挥动锄头挖树坑，还不能用力过猛，否则有可能滚下坡去。尽管艰苦，但想到这里有可能成为一个绝佳的散步读书场所，我还是很兴奋的，干得很卖力。后来我在佛图关闲逛时，找到了当时挖坑的那个坡，但已分不清哪些树是我们植下的了。

其实这个公园的建设，远比我们想象得漫长。直到2000年前后，我们才意外发现它已经绿树成荫，可以观景喝茶，可以豆花饭下酒。我们便选定了佛图关作为聚会的场所，差不多从2000年的春天起，佛图关的绿荫便开始滋养重庆的文学。

当时我们这个圈子里的文学活动大致有三类：一是界限诗歌网站活动；二是有外地文友来，以这个为题材大家就可以聚聚；三是碰巧都有闲暇，无主题地三三两两文友闲聊。

界限诗人聚会，可能是重庆文学群落中，活跃度持续得最久的活动。大家网上交流久了，便有进一步认识，当面切磋的兴致。网下接触多了，在网上互相推敲对方的作品，也更有意思。这样网上网下，互相推动，良性循环，终于形成了一个写作水平不断提高的诗人群落。其实参与界限活动的，不仅是诗人。重庆不少写散文小说的，也混迹于诗人中，品茗聊天，享受无拘无束的交流气氛。

界限的聚会，基本上集中在渝中区，因为不管哪个区，相对来说，到渝中区路程要适中一些，另外，很多诗人也在渝中区工作生活。界限网站成立前的策划会，就是在两路口体育馆的其香居开的。所以，界限网站与渝中区渊源最深。

界限聚会，也改变了重庆文友要借助开会才能聚的传统。网上一喊，认不认识都可以报名参加，只要你喜欢诗歌，都可以来。活动一律AA制，所以也不用担心来的人多人少。活动的这种开放性，很有意义，文学新人可以无门槛地加入到界限的诗歌交流活动中，还能结交本地文友，积累各自的人脉。

有些诗人就是在佛图关的诗歌茶叙中，加入到我们中来的。我个人印象

輕轨穿
过佛图關

最深的，就是女诗人宇舒，她在界限论坛上看到活动消息后，径自来到佛图关找组织。当时她用的笔名是香榭小杉，这个名字有点像武侠小说中的人物。

宇舒在加入界限后，才华逐渐显露，事实上，我一直认为她是重庆优秀的女诗人之一，只可惜她的诗的数量很少，人又低调，没有引起全国诗坛的广泛注意。宇舒还是界限同仁公认的首席朗诵，听她的朗诵，便知道那些字正腔圆的广播朗诵体，其实和诗歌无关，至少，和现代诗歌无关。宇舒的朗诵，有时清新，有时略有疲惫甚至颓废，听着很舒服，会上瘾。自从她在佛图关找到界限同仁们后，她的声音就经常回荡在大田湾的一个破败的小酒吧——大田驿站里，那里，是界限朗诵的另一个据点。

佛图关，也很适合接待南来北往的文朋诗友，那里借山势远眺江北，以及山脚的嘉陵江，既可坐着喝茶，也可在山路上散步一圈，边走边聊。另一个原因，是浮图关的豆花饭馆，经济实惠，请客不怕人多。

接待规模最大的一次，是诗人李加建率领的自贡诗人团，加上主人几十号人，就着远远的江水聊了大半天，气氛很是热烈。重庆与自贡的诗人互访，只进行了这么一回合，实在有点可惜。

人少的时候，有时我会和同伴到佛图关树林深处的一个亭子喝茶吃饭，那里只有一个老头为我们服务，因为去得多，互相都很熟悉了。2007 年去散步时，亭子还在，只是变得空空荡荡了。

在佛图关聚会的时候，我比较喜欢提前到，这样会有至少一小时的时间在小路上走走停停，很多诗都是在那里悄悄萌芽的。我曾经从写作地点的角度，考察过自己的写作，发现南山、青龙湖等处的独自散步，都让我写出了喜欢的诗。相比之下，佛图关因为那几年去得最多，自然，也促使我写出了更多的诗篇。

大坪的流光碎影

强雯

大坪，从来就不只是一个中转站，一个地图上的交通枢纽。它更像是一只章鱼，盘亘在老重庆的中心，四通八达的触角，探及这个城市不断衰退又不断生长出来的毛细血管。

正街上的晨曦

大坪正街不长，千米左右，却适合漫步。

20世纪八九十年代，这里曾有重庆修建得最好的马路和人行道。据“老人”们说，那曾是重庆的脸面，许多政要来访，都要驱车经过此路。人行道与马路同宽（那时私家车很少），行道树郁郁葱葱，树冠如盖，两旁花香袭人，绿草低低浅浅如绒如织。

几十年过去了，路，维持着旧时的“身段”和洁雅，树，更加繁密，肆意地呼吸着，延展着，透露出年代的生机蓬勃。只是，现在这些树木大都挂上了“身份证”——重点保护古树。人们这才发现，原来这些树都有了上百年的历史，自己从小在这些树下走过、跑过，转眼，自己也为人父母，原来都是受了这些古树们的佑护，才这样安顺。

新迁居而来的人们，也漫步在这些古树佑护的大坪正街，森然而随意，井然并有序，恍惚间好像是闯入了别人的生活，有一种久久难释的惊扰之感。这里，到处都是别人生活过热爱过的场景，一个外来人，不居住其间三五年，很难长出同样的气质。这种气质混合了古树与烟火，杂陈了安然与市井，枝枝蔓蔓地长在大坪正街的“三五火锅”店中、皮鞋修补铺间、裁缝店里、水果摊上。

这些生活都有着一代人两代人扎根的痕迹，拨出的萝卜能看见一个敦实坑子，不是随便什么瓜果就能坐在那个坑上。

这样的痕迹是老城市人的痕迹，其实，在重庆的其他角落也有着大致相同的痕迹。这就不得不使外来居民恍惚，怎么总是会在别人的场景里窥见自己曾经生活过的地方，童年的，或是父母那一代人的生活细节，疏疏密密，引来几声唏嘘。大坪，就是这样一个地方，新生代的外来居民乔迁了好几次，他来到这里竟会一时惆怅：反认他乡是故乡？

只有那些晨曦，是独一无二的。大坪的晨曦，清辉如树冠。

无论季节，不管阴晴，总有那么一抹晨曦，颠颠地立在大坪正街的梧桐树冠上，淡淡黄黄地晕染在与天空触及的地方，让人误以为清秋到了，于是，连空气都变得有些湿润起来。

这时候，无论是外来人还是当地人，都希望这条路长些，车水马龙再慢些，有着晨曦在上，凡事都会有个好的开头。

闲下来的人会在此刻与旁人聊天，或与孩子逗弄，或是什么也不做就觉得愉快起来，有事务在身的人，会迅速遗忘掉那片晨曦，想着自己的美好前程，大步流星地奔去。

其实，这片晨曦并非真正的晨曦，那是梧桐树的嫩芽，每个月每一天都有嫩芽在生长，它们似乎是排着队，逐次地吐露生机，孜孜不倦，一刻不歇息，如这条街，生生不息的日子。

天街里的文艺范

不过，这个昔日最令人称赞的地方，经过几十年城建的快速发展，也显出了老态，它的烟火味阻碍了它的时尚化进程。时尚，是整个潮流的趋势，高档楼盘，现代化社区服务都要入驻。老城就要改，老城也难改，等到江北城大兴土木了，等到南坪旧貌换新颜了，大坪也不得不动了。

大坪的动土，并非全动。

这样一个适宜居住的地方，应该让它更适宜居住，曾经在古树下奔跑的孩子长大了，有了更多的物质生活的需求和享受。

古树自不必动，绿荫下的社区却来了个天翻地覆的变脸。最引人注目的，是它的电影院与书店。

光是百余米的大坪正街上的电影院就有两家。保利和万和，价格便宜，20 元就能看场电影，路途都不算远，走路十来分钟，前者在嘉华新城楼下，后者在龙湖时代天街里。

想起过去看电影要乘坐轻轨去杨家坪或解放碑，真正把电影当成一回事，现在好了，就在家门口，在家里吃罢晚饭，消消停停地走去便看。闲散至极。散场之后，顺便逛逛时代天街里的西西弗书店，那里的氛围本身就像一杯咖啡，安详不失热烈，散发出一股浓郁的书香，我十分喜欢。书的种类不算多，集中于文艺、社科，漫步其间，犹如步入某大户人家的后院，这“后院”雅致、闲适，有藏书之静，也有藏书之闹，除书本来，还有各种精致、奢靡的装饰，如书套、书签、笔记本，有股宁静的喧嚣。

我愿意在这样的环境里流连，看看书封的标题，中意的，再翻翻。关于绘画类和编剧类的图书，装帧得十分出色，而这样的书旁，总是有着舒适的座椅，无奈每次去的时候，都是人满无席。在书店的最里面，用一层玻璃墙隔着的收费区，软软的沙发，一杯咖啡或饮料，就可以跟着一本书厮混下去。这样的阅读环境，想必是很多读书人所钟爱的。只是，在这样的书店里，看不见天空，也不知道时间到底流逝了多久，直到两眼发酸，颈子微涨，才想起是不是应该离开。

书很多，还没看几本，心里恋恋不舍，想着下次再来尽兴。

出得门来，看见前方停着一辆小火车，那是专门给儿童和未“断奶”成人准备的观光车，一时竟勾起无数回忆。

只要有一位乘客掏钱包，小火车马上就启动。在天街里观光，电子汽笛声和儿童的啸叫声相伴而过，听见的人们就会不由自主地转过头来，挂出笑容。

时代天街的时尚气息或许更能和年轻人相通，老居民来此一逛，多会迷路。这条天街号称全重庆目前规模最大的商业性天街，从大坪正街一直通往袁家岗，光是坐公共汽车就要三个站。“不好耍，不好耍。”老人们叹气摇头，走出天街，一副被时代抛弃了的样子。

“好耍呢。我带你逛。”懂事的姑子、儿女此刻便会搀扶老人的手，漫步到那片绿树孤荫下，他们坐下，回忆过去的时光，小贩挑夫，柴米油盐，讨价还价，实惠公道，如今，全都变成这些昂贵的玻璃橱窗里的东西，以及让人心惊肉跳的饭厅菜单数字。

只有孩童们无忧无虑，绕膝而闹，嚷着还要去，天街里有儿童乐园，有沙地，有不一样的物质化的童年……

支路上的七荤八素

如果说大坪正街是一袭瑰丽的袍子，红花绿叶相得益彰，那么大坪还有许多支路、小路、背街，它们更像是袍子上的盘丝扣，腰间的绣像，演绎着重庆七荤八素的传奇。

这些传奇其实是江湖的胃口，是变异了的异邦菜，是重口味的菜系，是大坪美食的母体，是本地人亲密流连的所在。

茶亭南路以烧烤闻名，坊间俗称大坪烧烤一条街，烤鱼、烤虾、烤兔、烤排骨……遗落在炭火上的佐料，吱吱作响，鱼香和酒味在茶亭南路上空游荡，路过的人侧目徘徊，不自觉地吞咽口水。一两个提着茶水壶的老人，蹒跚而行，在每一个食客身边叫道“豆浆儿——银耳汤儿——”他的吆喝，你要认真地听几遍，才能猜得出来，而后，食客大叫一声“来两碗”，似乎浩荡江湖中，唯有他慷慨酣畅。

靠近茶亭北路的地方，有许多“新疆大盘鸡”，卖得也很火热。装大盘鸡的器皿不好看，土气、落伍，就是20世纪80年代用的搪瓷茶水盘。几十年过去了，茶水盘还是茶水盘，掉瓷的地方依然掉着，貌似不雅，却一直被老板“征用”。虽然卖相不佳，但食客总是不断。“新疆大盘鸡”，其实就是土豆烧鸡，土豆一定要烧得粉渣渣的，浓浓地盖在鸡块上。

吃这道菜的以情侣为多，饭店很小，老板常常在路边，就着昏暗的路灯支几张简易桌子，端上一份“新疆大盘鸡”。或许，这道肴馔包含着容忍、迁就和平民大餐的肉腻，像那些不能雕琢也经不起雕琢的情侣关系。路灯从古树的缝隙里漏下来的，微弱的光线中，食客对大盘鸡的品相少了几分挑剔，一心一意沉浸在土豆渣缠绵鸡肉脯的绵实口感中了。

正宗的美食街，自然是最后一个才出场，不错，它就是石油路。和其他

地方的美食路不一样，它汇集了太多来自重庆近郊的江湖菜。璧山的来凤鱼、璧山兔，麻辣鲜香，红绿相间，带着一股子烈性；石柱的莼菜汤、土碗菜，粗犷、憨厚，似那儿凉爽的夏，沁润人心；綦江的石磨豆花，有着农家主妇的豪迈，馔玉以蒸菜取；更不提火锅汤锅，浓郁的牛油回荡在整条街上，辣椒冲鼻而来，你躲不过去，是的，这就是重庆，重庆的骨髓。

无论是请人宴客，还是自家打牙祭，这里的环境都是最合宜的。千余米长的美食路，暗藏厮杀，1 年之内总会换一两个新东家，食客们却只觉得新，觉得鲜，频频流连，频频乍喜，许多舌尖在这里流转，最后成为盛放的记忆。

眷念化龙桥

谭小乔

刚记事，家突然从綦江搬到重庆，居住地就在化龙桥，准确一点应该是：化龙桥龙隐路交龙村，三条龙串一块。可是我不喜欢，原因是突然间没了熟悉的小伙伴，我难过得直想哭。我惶恐不安地打量新住所——苏联技术人员撤走时留下的红色楼房，房间格局宛如今天的复式房，到厨房得下楼梯，到我的小房间得上楼梯，真麻烦！我站到窗前，看见一群小孩子远远地打量我，陌生的目光从窗口直射进来，射得我把头低到了胸口。

还好，之后的日子很快就让我喜欢上了这里，原因是这里的人特喜欢讲故事。夏天傍晚时分，家家都搬出竹凉床，外加各式凉躺椅，一幢房子里所有的大人娃儿全都聚在地坝里纳凉，甚至过夜。那时的大人心闲得很，还没有整人防人的念头。很多大人或者大孩子乘凉时便以招徕小孩子的围聚和喝彩为骄傲。于是我便听到了许多美丽的传说，和一些吓人的恐怖故事。

关于化龙桥的传说，我就是在那时候听到的，版本似乎有点多，每个人讲的都略有不同。记得最清的并且自认为最可信的是在一个已经工作了的大姐姐那里听来的，她有文化还有讲故事的天分，讲得有头有尾，并且是化龙桥和龙隐路连在一块的故事。所以我相信。

她说化龙桥那座桥原本是没有的，只有河（嘉陵江），河里住着一大一小两条龙，高兴时翻上翻下在河里嬉戏，搅得雷鸣电闪水涨水落。涨水时淹掉庄稼，落水时卷走百姓的牲畜，甚至小孩。两条龙郁闷时便躲在水底生闷气，这时会数月不落一滴雨，旱死庄稼渴死人。讲到这里她会叹一口气，唉！那时住在这里的人才苦哦。“后来呢？后来呢？”虽然听过无数遍，小孩子们还是会争先恐后地问。她接着讲：后来天王派了两员天将下来为民降龙除害……总之后来就是一条龙被杀死化成了血水，还有一条龙受伤后慌不择路钻进河边岩缝，然后天将用神力将岩缝口封住，从此恶龙隐于岩缝中再不能兴风作浪。从此就有了化龙桥和龙隐路的街名。

第一次听完这个故事后就央求小伙伴们带我去看化龙桥那座桥，浩浩荡荡的我们就去了。那座纪念天王降龙的桥就建在化龙桥正街车场坝旁边，架在一条小河连接嘉陵江的入口处。可在小孩子眼里特别雄伟。我探头往桥下看，看到三孔桥洞，有夏天涨水后的浑黄山水从洞孔中穿流而出没入大河（嘉陵江），却看不出龙的踪影。小伙伴生气地说龙不是被杀死，身子化成血水了吗？只剩下一根龙尾巴！你难道没看见那根尾巴从地下穿出来伸到河中间了吗？我向河中间看去，果然看见有条碎石堆彻的堤从河岸伸出伸进了河里，长长的弯弯的还有个人站在上面网鱼。虽然我左看右看怎么也看不出那是龙尾巴，但我还是宁愿相信那就是龙尾巴。

后来我成家有了儿子后，这龙尾巴竟成了我和儿子常来玩耍的地方。不过儿子可不愿承认那是条龙尾巴，他固执地跟我争辩说那应该是龙脊骨，之后我仔细看了看，看见碎石中常有较大的石块兀立，就想起椎间盘突出那种病。是龙的椎间盘！我这样说。儿子就狂笑，笑得手舞足蹈，笑得在河边沙地上打滚。从此我们单独说到那堤的时候，就说龙脊。

越往后，我发现喜欢化龙桥的理由就越多。

常有父母的同学朋友远道而来，父母和他们寒暄我却欢喜地嚼着他们作为礼物带来的吃食，接下来父母就要我陪他们去红岩村参观，这是我最喜欢的事。红岩革命纪念馆那些陈列室的物品和内容介绍我差不多都能背下来，谁叫我们家离革命纪念馆那么近呢。学校老师也常带我们去那里过队日搞活动。

不过一般走前，我会出去约小伙伴，随便找到一个说：走，又走红岩村。我先走着，你再约几个随后来，我们又去看黄葛树长粗了没有。

去的路上，我边走边给客人介绍（准确说是背诵）：1937 年 12 月，日本侵略军占领南京，国民政府迁都重庆。周恩来、董必武、林伯渠、吴玉章、叶剑英、王若飞、邓颖超也来到这里，组成了中共中央南方局。当时周恩来以个人名义租赁了这幢房子，作为中共南方局在重庆的办公地点，也是八路军驻重庆办事处……

走拢纪念馆了，我却不按规矩带他们从头至尾参观，我会直接把他们带到楼上周恩来的住所。因为我特喜欢墙上那张照片，邓颖超抱着一个小孩，两人笑得很灿烂，照片上有周恩来的题字："大乐天抱小乐天，嘻嘻哈哈乐一天。一天不见小乐天，一天想煞大乐天。"署名赛乐天。赛乐天就是周恩来自己。我喜欢那张照片，更喜欢周恩来的题字，那时老师告诉我们那是诗，我们根基浅，读不懂别的诗，觉得这首诗居然能读懂，就踏实地喜欢上了。

接下来带他们去参观那棵大黄葛树。有时我会同他们开个玩笑，闷着头把他们带到黄葛树下面的路上走上十几步，突然回头说，啊，糟了走错了，差点走到敌人那边去了。然后告诉他们说：这棵黄葛树也叫"阴阳树"，树右、树左、向上、向下，千万别走错哦，一步走错，就有可能掉入"狼窝"哟！

通常这时候，邻居小伙伴也来了，于是我会叫客人们自己去参观，我说内容介绍都得有，你们都认得字吧！我就和小伙伴留下来，一边手拉手丈量一下黄葛树有没有长粗，然后比赛单脚跳：从树根部的石堡坎上往下跳，又往上跳。不过大多数人都跳不上去，除非用双脚。玩累了就坐在石堡坎上看那些来参观纪念馆的人，奇怪怎么每天都有那么多人天远地远地从全国，甚至世界各地赶来瞻仰红岩村，而我们怎么偏偏就住在红岩村旁，一种自豪感便油然而生。

还有一个让我们的童年又自豪又好玩的地方，那就是化龙桥虎头岩岩嘴下面那个历史上有名的大防空洞，放学后或者星期天，邀邀约约一大帮同学集体去钻防空洞，那是经常的事。因为传说洞里发现过"敌特"，所以一般两三个人是不敢去了。

那个赫赫有名的新华日报社总馆旧址，也在虎头岩下！

有人说过，故乡总是很美丽的，我想那是因为人都是感性的，大概这世上没有人会不爱生他养他的地方吧。

前不久儿子从加拿大匆匆回国，问他预备第一个先去拜访谁，他居然答：化龙桥。朋友们来家跟儿子坐在一起聊天，我讲起此事，这些从小宠他喜欢他的叔叔阿姨却毫无醋意，一齐说可以理解可以理解，毕竟是生他养他的地方嘛。有人提议：干脆把今天的饭桌子端到化龙桥去，我们都去看化龙桥。干女儿急忙举手：那我做东，谁也别争。

一行人便来到化龙桥。

一下车，就有人指着前面一个地方考儿子："记得那是哪里吗？"儿子木然地把头转来转去地看了好几圈，笑着摇了摇头，说，哇！变化太大了，我实在看不出来那是哪里。我问：真没看出来？那是你原来的家呀！

咹？儿子几乎不信，说记得家在一个小山包包上，说完又笑着摇头：哇，全都平了，全都平了，平地里还长出湖来了！

然后他很夸张地伸长脖子，东望望，西望望，又转着圈还踮起脚，把前前后后高高低低能望见的地方都望了一遍，说“太好了！太美了！”真没想到，我走时还恋恋不舍地来这里看了看，那时刚动迁，乱七八糟的，以为就是房地产老板买了地建房子卖房子，心里好怅然，还丢下一句话：归来不知谁为地主哦。想不到竟变成了这么一个美丽的地方。

之后，一行人在这美丽的地方走来走去，走来走去，所有人的手机都摸了出来拍照，好像来了一群摄影爱好者。儿子忽然问：龙脊还在吗？我说在。一会儿他又问：红岩革命纪念馆呢？我说还在。“那棵树，阴阳……”不等他话完，我就说也在，还在。是的，我小时候记得的事与物，他当然也记得，而且肯定记得更清楚啊，毕竟他年轻。

“只是那座为纪念天将收服恶龙而建的化龙桥已荡然无存了。”

“哦！”儿子轻轻吁了口气，说，“我在网上查过，说那桥是1932年修建的，在当时的重庆，还一举拿到了三个第一：第一座有传统桥梁风格的现代桥梁；第一座城市公路大桥；更让人惊叹的是，它竟然是当时第一大的大桥。”

“不过，”他拿手指了一圈，说，“化龙桥、龙隐路，美的是历史，对于我们来说，更加是情结。现在这些，这些……”他竖起了拇指，“不错，的确不错！Beautiful，very beautiful！”

“Beautiful啊？Beautiful的不止这点哟！”儿子话音刚落，朋友们七嘴八舌地抢着说：

那边的人工湖和湿地公园我们今天都还没来得及观赏。

那个史迪威将军纪念馆，你抽时间一定去看看，现在修缮得好漂亮！

还有重新修建的李子坝抗战遗址公园，你看了肯定会大吃一惊……

是啊，原以为，故乡的原生美，无与争锋的哦！

然而，这片鸟语花香、郁郁葱葱、生机蓬勃的新天地，还有那些个与此番美景珠联璧合，若钻石般嵌进历史的抗战文化遗址，不仅使化龙桥在人们心中和眼中更加熠熠生辉，亦让故人对故土更加眷念！

别小看李子坝

岳苓

那时真年轻，二十刚出头。

那年通川日报（现达州日报）杜师傅驾吉普车（当时报社唯一一辆车，用于报社到新华印刷厂和地委宣传部之间送校样、清样及付梓样专用），夜宿邻水；两天整，送我到李子坝正街102号重庆出版社报到。

那天山城的太阳大放热情，熟悉的嘉陵江依旧如儿时的模样，表面徐徐而不急，暗底下旋涡湍急。

那会儿我激动不已：终于回到故土！回到隔江可眺的出生之地！

那天私念：李子坝，你有的秘密，我终可一窥。

虽然出生在重庆江北天原化工厂医院，在天原的地盘读书长大。这一江之隔的李子坝真还没有来过。少时，姐姐偶尔带我到董家溪，她的高中同学家玩，我总会引颈遥望河对岸那黑魆魆的一溜子大山，山里可有老虎、豹子？可有游击队、土匪？这样痴迷一阵，才慢慢将眼睛下移到对岸的李子坝，林木繁盛之间似乎隐藏着深宅大院，又好像那些鳞次栉比的房子总有点黑乎乎，飘飘乎，真有些神秘莫测般，在小小心头一下下鼓起些怪念头……碍于那时交通不便，咫尺相望也无法踏及。

单位大门口就在公路边，一坡石梯相连。这石梯及石头护栏粗犷厚重，永远带着古旧的湿气潮气，斑斑驳驳，隐隐有苔藓从护栏的镂空处或旮旯角落显现，特别夏天，苔痕荫绿，每每上下，似乎凉气由此而至。大门也不一般，两扇木质门高大敦厚，老旧沉重，里面带着木头门闩的旧迹，怎么看都有着特殊的久远的印痕。这里一定有故事，我心里认定了：李子坝是个不可小瞧的地方。

有几次中午，随同事们下江边戏水玩石，在通往河边的路上，我迷迷糊糊觉得李子坝真有历史，李子坝肯定有些读头，李子坝一定有秘密。

有空时我会去看去听去寻找什么，从那些隐隐约约，摇摇欲坠，风烛残年般的房子开始。遗憾的是收获并不大，因为那些地方人影子都难见到。直到李子坝抗战遗址公园建成，故事才装满空置了许久的期望。

重庆是中国抗战文化的地标。抗战时期的政治、军事、文化、经济、外交、金融等各方面的历史风貌，浓缩于李子坝这小小的弹丸之地。最重要的故事，是听说重庆谈判期间，毛泽东和周恩来、王若飞等曾来到李子坝《大公报》社，整个李子坝为此兴奋，紧张。

我说这件事情最重要，是因为《大公报》旧址就是我工作的地方——重庆出版社。天天进进出出，来来往往，上上下下的地方——重庆市渝中区李子坝正街 102 号，直到 1986 年 12 月底重庆出版社迁出——我才知道我是站在一群老前辈宽大、坚实、硬朗、浩气的肩上从事编辑工作，心里流淌着无与伦比的自豪，更知肩负的重任，不敢马虎，更不会苟且。

据记载，《大公报》1902 年创刊，为中国发行时间最长的报纸。1938 年 12 月《大公报》开办重庆版，从此成了其最有成就也最艰苦的时期。重庆在日军长达 5 年半的轰炸中，报社同仁经常是在低矮潮湿的防空洞里，在对开平板印刷机的轰鸣声中写稿、编辑、校对、印刷，记者们更是置生死于不顾，采写稿件。哪怕在失去同胞、办公楼被炸塌的情形下，报纸的出版也从未停止过。《大公报》的所有工作者都坚守一个信念：给同胞们传递必胜的信心，誓将抗战到底，直到把日本鬼子全部赶出中国！

噢，我曾在这里工作，在《大公报》旧址工作，这是缘。缘，是生命旅途上的景，要机会和巧合重叠才能相遇、感应，才结出缘的故事，哪怕故事断断续续，也是缘来缘聚，缘起缘行。

如今李子坝早已不再寂寞，每天都有无数游人或乘轻轨而至，兴冲冲下到李子坝站公路边，或乘大巴鱼贯而下驻足公路边。只要听见“来啦，来啦！”一起仰头，手举相机、手机，仿佛每个人都是来见证一件事：轻轨从一栋大楼的腹中出来，悠闲自在，彩带一般又飘向远方。看得人一阵激动，一番唏嘘……俄而赶快翻看抢拍了多少，拍得怎样，心满意足者陆陆续续走向李子坝抗战遗址公园，遗憾者继续翘首以望，等待下一班从楼中开出的“空中列车”……

正是：轻轨穿楼行，世上唯一景；中外游客至，人人争摄影；打卡李子坝，抗战遗迹存；历史明可鉴，犹记乃初心。

抗战时期，由于李子坝紧邻市中心，背靠鹅岭、佛图关大山，面朝嘉陵江，又是通往北碚的唯一要道，环境优美又相对寂静，地势险要且僻离城市喧嚣，避开日机轰炸，进退有道，故国民政府高官和重要部门得以迁入，当然这无形中使它充满了神秘、传奇的色彩。如今李子坝抗战遗址公园蜚声大江南北，公园内抗战历史文物建筑，包括原地修复了国民政府军事参议院、李根固旧居、交通银行印刷厂及学校旧址等，迁建修复了刘湘公馆、高公馆。园内林深树茂，透过枝杈间眺望嘉陵江水，它静谧流淌伸向远方，那波澜不惊缓急寻道的姿态，似乎一直在将这里的故事缓缓讲述给两岸子民，讲述给远方的国人。

步正门而入，沿石梯徐徐下至园内中庭，右手边的青砖阁楼，洁白的柱子，上书“高公馆”三字，群楼对称的结构，清新婉约，透着一束文艺味儿，既有民国时期独特的建筑风格，灵动细微；又有与西方古典建筑的雍容典雅，相融相称，使人一下子立于原处忘却移步。高公馆是原四川省立教学院（现西南大学）首任院长高显鉴住所，修建于 1938 年，时称生生花园，依崖而建，背山面水，梯廊楼阁，错落有致，是重庆建市时期的标志性建筑，也是陪都时期重庆当地商务接待、办婚事和展览的首选之地。这里曾是抗战时龙舟赛的指挥台，由蒋夫人宋美龄亲任总指挥。高公馆原址位于上清寺 252 号，现迁建于此。

1940 年，蒋介石、宋美龄在这里宴请印度国大党领袖尼赫鲁，有趣的是，据说这位领袖就是在这里学会了用筷子吃中餐。1942 年，周恩来莅临此地，参观“迁川工厂出口展览会”，展会展出的据说是当时民族工业最好的最先进的东西，周恩来观后很有感慨，于是题词：“民族的生机在此。”中国科学社也曾在此办公，竺可桢、胡适、李四光、茅以升、马寅初等人文科技精英先后在此进出或住过。

赫赫有名的故人旧事，令人惊叹，感叹，有种怅然若失的惋惜划过心际。

抗战时期，从上清寺经李子坝至红岩村一带，陆陆续续修建了陶园、荫园、特园、怡园等，特别是在李子坝一带修建了诸多达官显贵的官邸，如孙科的圆庐、史迪威将军旧居、李根固公馆等，虽历经风风雨雨，硝烟战火，仍遗世独立，迄今仍存。由是，精彩故事滔滔不绝，如眼前的嘉陵江水源远流长。

从高公馆出来，抬眼对望就是国民政府军事参议院旧址，抗战时期国民政府军事委员会有关军事咨询的最高机构，可以想见，当时的李子坝在抗日战争中有着怎样举足轻重的地位。

1929 年 9 月，国民政府决定在原军事委员会有关厅处的基础上，成立军事参议院，直隶于国民政府。1938 年该院正式改隶军事委员会，主要责任是有关军事应行调查、编纂一切建议及有关军事的书报、图表、杂志等。内设院长一人，参事、咨议各若干人，并设有秘书室、副官室、总务厅、军事厅及各种军事研究会。院长先后为陈调元、李济深、龙云等。

在李子坝我以为最有争议的，最具传奇色彩的人物当是刘湘其人了。刘湘公馆原位于李子坝 186 号，因年久失修，摇摇欲坠，破败不堪，故迁移李子坝抗战遗址公园内进行复建。公馆原是最后一任川东道尹柳善的府第，刘湘廉价购得，抗战时期，国民政府主席林森迁渝之初曾在此暂住。

刘湘，四川大邑县人，在民国历史上是一位很重要的人物，他虽为割据一方的军阀，但也是著名的抗日名将。1920 年被委任为第二军军长，1921 年任川军总司令兼四川省省长；1926 年易帜为国民革命军第 21 军，开始独占重庆，1927 年刘湘着手筹办重庆市政，1929 年 7 月创办重庆大学，自兼校长并为其发展做出很大贡献。

“七七事变”后，刘湘出川抗战，1938 年 1 月不幸在汉口病逝，逝前留有遗嘱：“抗战到底，始终不渝，即敌军一日不退出国境，川军则一日誓不还乡！”随后国民政府追赠刘湘为陆军一级上将。他在抗战前期为抗战做过不可磨灭的贡献，从人力物力到财力，可以说是愿意倾尽所有而在所不惜。

驻足，停留，阅读，回忆，仿佛一代枭雄跃然眼前，抗战的猎猎烽火、出生入死的血肉之躯……那是一场场多么血腥，一次次多么艰难的战争……中国人民终于把侵略者赶出国门，取得了战争的胜利，真是来之不易啊！英雄的人民，英勇的国度！

一处石壁，隐约显出一个防空洞，很是隐蔽，原来是交通银行遗址，亦是当年银行重地，前身是中央银行及第二十四兵工署旧址，后来交由交通银行使用。该处由交通银行学校一号楼、二号楼，交通银行印刷厂及地下金库组成，建筑面积3644平方米（含一号、二号地下金库）。交通银行1908年成立于北京，1928年交通银行总管理处迁至上海。李子坝支行于1939年6月15日成立，初设时为办事处，1944年3月1日升为支行，该支行是抗战时期交通银行在重庆地区唯一的一个支行。1946年6月交通银行总行全部迁回上海，李子坝支行降为重庆办事处。抗战期间，交通银行依然坚持办理工矿、交通和生产事业的贷款与投资。在此基础上，加强国内工商业汇款、公司债与公司股票的经募与承兑业务，以及储蓄与信托等业务。除此之外，为促进农业经济的发展和生活必需品的生产，稳定后方的战时物资供应，交通银行还积极开展农贷业务。

李子坝遗址公园内，还有一位鼎鼎有名的大将军——史迪威将军的旧居，乃史迪威纪念馆。

约瑟夫·史迪威（1883—1946）：美国佛罗里达州巴拉特卡市人。史迪威曾多次来华，会讲中文。第二次世界大战的珍珠港事件之后，美国参战，史迪威于1942年晋升中将，并被派到中国，先后担任中国战区参谋长、中缅印战区美军总司令、东南亚盟军司令部副司令、中国驻印军司令，分配美国援华物资负责人等职务，后被晋升为四星上将。“史迪威的中国使命无疑是把难度最大的外交工作放到了一位战时职业军人的肩上”，“他是一名陆军战士，性格粗犷，勇猛无比。在敌人的炮火下指挥军队作战，他有如闲庭信步”。这是“飞虎队”创始人，美国飞行教官陈纳德对史迪威将军的评价。

史迪威是美国军事家，对华友好，太平洋战争爆发后提出在远东美军从中太平洋、西南太平洋、缅甸、中南半岛四个方向对日本作战的战略计划，后来美军除了向中南半岛方向没有派兵外，基本按史迪威的战略计划实施，他在担任蒋介石参谋长期间，建议培训中国军队向现代化发展。

流连一处处散发着旧日时光的印记，恰像翻阅历史厚重的记事簿，一幕幕一场场抗战故事撩动我心，心中便有若波涛翻涌，也似涟漪荡漾；更是百感交集，椎心饮泣……遥望静静的嘉陵江水，思绪久久缠绕在遗址公园的一条条小路，一扇扇窗口，一级级石阶，一个个名字上而不能解缚……李子坝，不可小瞧，还有很多很多似水流年之事等着你，等着你们去讨详，去发掘，去倾听，然后再向你的你们的朋友娓娓道来……

嬗变的化龙桥

陈与

化龙桥那 458 米的超高建筑嘉陵帆影，让我的眼光如升腾的电梯。虽看不清嘉陵帆影的虚幻云朵，但能看清相互叠加的塔楼造型，仿佛是抛锚的远航大船，在经典里感应长江和嘉陵江的血液通道。嘉陵帆影和化龙桥大社区建筑集群的相互协调，挺拔雅致，凸现出强大体量的特殊气质。

在此落户的有舌尖上的中国文化美食馆、重庆欢乐世界海洋馆、香港百丽宫电影院等。原为重庆工业文明摇篮的化龙桥，今天把文化建设摆在了举足轻重的位置，引入了世界级文化盛事——中法文化音乐节。在音乐节上，有浪漫演唱，激情献声。在狂欢的夏夜里，有法国埃菲尔铁塔的高度，有凯旋门的琥珀灯盏，还有巴黎啤酒的恣意……

谁能想到，过去的化龙桥，无论主干道次干道还是厂区道路，都坑坑洼洼，污泥缠身。这里的建筑物，不论高低胖瘦都是灰头土脑，像身穿破衣服的乞丐。化龙桥成为贫穷落后、缺少文化的代名词。这条主干道是解放碑到沙坪坝的公路，在化龙桥设公交车站点，是因为朝阳厂，即神秘的代号“九〇七信箱”。20 世纪 80 年代初期，朝阳厂是军工企业，生产发报机、微型发动机、电风扇、洗衣机、剃须刀等，企业福利很好，当时化龙桥还流行一句话：“嫁人要嫁朝阳厂！”

这条主干道的两旁，拥挤着厂区、派出所、百货公司、邮局、食堂、幼儿园、医务所、俱乐部，家属区有一村、二村、三村……直到九村，每个片区都是一栋栋楼房，外形各异。站在楼上，可以看到远处的江畔农舍、近处的夕阳入水；可以看到远处的田野，在高高低低的层叠中飘出油菜花和苞谷的味道。

如今，化龙桥的建筑集群在嘉陵帆影的带领下，从麻辣烫、火锅喷出的熊熊烈焰，到滚滚东去的江水和柔情妩媚的江影灯烛，璀璨于崭新的嘉陵江上。在歌声中，“山水重庆，多彩西部”的旅游产业博览会在此拉开帷幕——“福石城中锦作窝，土王宫畔水生波。红灯万盏人千叠，一片缠绵摆手歌”。一群身着鲜艳服装的土家族姑娘，跳起了摆手舞。拥有“国家级地震遗址保护区”“国家地质公园”的黔江小南海景区，让人看到群山峻岭，湖水碧绿的一幅幅风景画。旅游博览会上，三峡红叶更是吸引“山水重庆，多彩西部”的眼球，满山的红叶如天边彩霞，由淡至深，把山林染得几分艳丽，几分娇俏，如成熟女性的沉静韵致……

在化龙桥，有变身的“糖果海洋”，那缤纷的糖果门、梦幻的糖果城堡、巨大的糖果树等，让小朋友们乐不思蜀。为此，糖果梦工厂推出巨无霸波板糖课堂，让小达人体验一下糖果生产的工艺流程，并制作糖果。在举行糖果天地亲子的运动会上，小朋友们可与父母现场品尝糖果、猜谜语、做游戏等。

重庆化龙桥建筑集群不是单一的综合体，而是塑造“揽大城，荟生活”的新城市生活概念，不管是资深“吃货”，还是运动达人，都能在这里找到生活的乐趣。但是，谁也不会忘记，几年前，一辆辆载重汽车开进化龙桥地区，载着拆迁的石砾、瓦块、泥土绝尘而去，结束了嘉陵江畔一排排破烂不堪、低矮潮湿的棚屋。在搅拌机轰鸣里，在钢筋混凝土的簇拥下，化龙桥地区能蛹破蝶出？能够化影为实？能够凤凰涅槃？让幸福梦幻浮出江面？

很多人不知道，在化龙桥的中南橡胶厂旁边，有重庆画家村，原四川省美术家协会的驻地。画家村有几千平方米的庭院，长着繁茂的九重葛，像画家李少言的胡须，那片映山红如牛文的版画色彩，鲜艳的海棠花是谭学楷的素描，悠然的君子兰是李焕民的静物特写，怒放的蜡梅是吴凡参展作品，香味浓郁的黄葛兰是宋广训的最爱，鹦哥花是马振声的线条，那长满青苔的石山、水池、虎耳草，爬壁虎、金银花藤……仿佛是“对未来真正的慷慨，是把一切献给现在”的文化力量。

多年以后，化龙桥从一个地域，变成了一个文化符号。由于交通方便，地理位置特殊，就有了民间歇后语：“头枕浮图关，卧在嘉陵江边，思在李子坝上，到土湾就穿棉纱。”因此，化龙桥的餐饮业融合了重庆与世界的交流，有正宗的重庆火锅，有江湖菜品，有意大利比萨饼，有法国红葡萄酒，有英国绅士的鸡尾酒吧等。

清碧的嘉陵江水，是化龙桥的轻轻呼吸，堤岸的灌木丛和乔木叶片，高楼大厦和连排裙楼，错落有致的色彩搭配，夸张的装饰形式，展现出精致时代，成就着化龙桥的生活形态。在这里，有中国古典园林的垂柳芳草、有欧洲的英伦式的恬淡田园、有北美阿尔卑斯山的高雅品质……

在化龙桥拆迁的居民又迁徙回来。“化龙桥情结”是他们踏入新居的脚印，是嘉陵江水浮起的灯光？此乃生于斯长于斯的故土啊。回到化龙桥，很多人的性情无须压抑，物质无须奢侈，需要的仅是一个心情舒畅的熟悉环境，一个生活愉悦的故地新貌。

七牌坊拾遗

肖成敏

我这辈子注定与古牌坊有不解之缘，童年、少年到青年时代曾在重庆大坪七牌坊和四川隆昌南关古牌坊度过。恰好这两个牌坊群均处于清朝时期成渝两地之间不可或缺的驿道上。

古时的驿道因为地理位置显要，人们便以街为市，民居院落也由街道两旁向纵深推进，人气很是兴旺。达官贵人乃至官方少不了在这里立牌坊，或为关口标志，或为要塞门户，或炫耀功德，或彰显节孝，虽有旧封建之糟粕，但从气势、质地、工匠的雕刻手艺来看，却是先人留给后人的货真价实的文物。不是吗？除了毁于“文革”时期的重庆大坪七牌坊外，我所涉足过的四川隆昌和安徽棠樾的古牌坊群都比较完好地保留下来，进而被当地政府开发打造成旅游胜地，很是红火。

清同治七年（1868 年）至宣统三年（1911 年）间，在连绵约 2 公里的成渝古驿道（今重庆渝中区界内）陆续修建起 5 座节孝坊、1 座百岁坊和 1 座乐施坊，七牌坊因此得名。1920 年 -1930 年重庆扩城又搬迁 25 块高 5 米、宽 1.5 米的长方形巨石石碑，立于七牌坊下街长约 100 米的石板街道两旁，这些石碑在功效、风格、镌刻艺术等方面与七牌坊相得益彰，相映成辉。七牌坊三教九流汇集。有曾经显赫而在 1949 年后成为专政对象的贵族遗老遗少和地主军官，有祖传的名老中医和老字号传人，有左右逢源的掮客和经营得道的商人，有打铁匠和搬运工，有外来移民和土著居民，林林总总，共同见证了历史的变迁，演绎出许多令人嘘唏的人文故事。

我大约两岁时，父母把家搬到了大坪七牌坊上街的第二个牌坊附近。记

忆中，这是七牌坊中气势最雄伟，石材最考究，雕刻最隽美的牌坊。只是可惜，那时候家穷没有照相机，没留下丁点影像资料。然而，这个汉白玉石材的古牌坊在阳光照射下熠熠生辉的模样和气场，以及孩提时在这个石牌坊下所经历的一些往事，仍深深地镌刻在我的脑海里。

小时候很瘦弱很文静的我，喜欢看大孩子们绕着牌坊疯玩官兵捉强盗和金跪银跪游戏，像个小尾巴混在他们中间坐在牌坊下听他们讲稀奇古怪的鬼故事，直吓得晚上睡不着觉。有一次我像往常一样正津津有味地观看大孩子们玩金跪银跪游戏时，被飞来的一小半截砖头砸中后脑勺，顿时鲜血直流，哇哇的哭声惊动了大人们，飞抛砖头的男孩罗明明也吓得慌了神，他妈妈赶忙回屋从旧缎被面上撕下一截，又拿块纱布撒点消炎粉替我包扎好，几天后才揭开那块布，还好伤疤不大。

“文革”开始后，这些石材各异、风格迥然的牌坊被夷为平地。（不知出于什么原因，七牌坊下街的石碑却未被拆除，2009 年七牌坊整体开发拆迁时有 19 块被移到了大坪电信大楼旁的小游园里）。由于生活所需，也或许是伤感怀旧，当牌坊拆除后，有邻居挑选比较厚实大块的、平整光滑的、白中微微泛绿的汉白玉石块搬到自家门口，白天在上面八卦聊天、刷衣晾菜，傍晚任由孩子们在上面嬉戏打闹渐入梦乡。七牌坊这个街名也随之改为反封街，“文革”结束后又改回原名。

斗转星移，我心里的牌坊情结几十年来挥之不去。与这挥之不去的牌坊情结相伴的是浓浓的乡愁，那就是淳朴民风的遗失。时代的推移和岁月的洗礼，淘尽了七牌坊三教九流汇集而衍生的贵族气和江湖气，滋养出从上牌坊到下牌坊街坊邻居淳朴的民风。叶家正屋有口井，每当一条街仅有的自来水龙头不来水时，邻居们就排队到他家舀水应急，湿了半间屋子，主人却毫无怨言，笑脸相迎。赵家妈妈每当煮了冬寒菜稀饭，就站在门口和着陈家大哥低沉浑厚的吉他声吆喝，来舀冬寒菜稀饭啰。魏家门口有个大石磨，每当过年邻居们去推汤圆，分文不收。我母亲的绝活，手工做好了汤圆心子就张家一碗李家一碗，引来啧啧赞叹……

有时候，我站在大坪电信大楼旁小游园里七牌坊仅存的石碑前想，假如七牌坊还在，也会成为旅游胜地吧，但，淳朴的民风还会有吗？邻居们在平凡忙碌的生活中所凝聚而成的淳朴的民风应该以什么样的方式得以传承呢？不得不承认，如今人们漠然的居住形式、快节奏的生活方式和网上所建立起的虚拟空间，对如何古为今用，弘扬优秀的传统文化，使之与当今的社会生活融为一体，形成人人敬仰和遵循的核心价值观，并代代传承下去提出了新的思考，这或许也是留给人类学家和社会学家共同探讨的课题吧。

请你从山城路过

杨健

2016 年底，电影《从你的全世界路过》在重庆放映之后，我给很多远方的朋友们打电话推荐：看看我现在生活的城市。没过几天，他们看完之后给了我回馈，那种艳羡之情隔着千里都能清晰地感受到，“原来重庆这么漂亮？太美了！太美了！”

这样的感受是在意料之中，也正是我极力向他们推荐的原因。我知道在他们眼里，重庆早就被定格在 20 年前那个陈旧滞后的形象里了。而我想说的正是：《山城棒棒军》的时代已经过去，现代化、国际化大都市的重庆正扑面而来。

朋友很激动，“现在的重庆跟以前简直是天壤之别，我一定要来看看，一定要！”

我说：“热烈欢迎！请你从山城路过。”

这让我想起了 20 年前的 1997 年，那一年对我来说真是一个“双庆”的年份。这年春天，我把家安在了重庆。夏天，重庆直辖。而秋天的时候，香港也回归了。我欣喜地想，我是不是也算吹响回归的号角了？

彼时，我在新疆武警部队服役。曾经到重庆出过差的公安战友对我的决定十分不解：“你在西北长大，早已算不上重庆人，为什么非要把家安在那里？”之后便细数重庆诸多的不是，什么闷热潮湿、喧闹嘈杂之类，城市破旧、发展滞后等，甚至连随处可见的棒棒军也饱受他的诟病：“简直就是一个大县城嘛！……”如果我不抬手制止，他一定会说出更不堪的话来。

我把他的诸多“不是”理解为“不适”，一笑了之。作为土生土长的新疆人，他无法理解我五岁就少小离乡的感受：在青海，别人说我们是四川人；在新疆，别人说我们是青海兵。以至于弄得我心生疑惑，我到底该属于哪里？乡关何处？虽说日久他乡即故乡，可从小深埋在心底的那份牵念与归属又将如何安放？

诚然，在部队的十几年，目睹了油城克拉玛依天翻地覆的变化，经济飞速发展，城市日新月异，戈壁上的明珠，大西北的首富，这是一个因为石油而富得流油的城市，我也深深地为之感到自豪。而较之直辖前我的故乡，老旧的菜园坝火车站，破败的建新坡、石板坡吊脚楼，又脏又乱的厚池街，以及那些满是污泥的街道，随处充斥的刺鼻的煤烟味和灰蒙蒙的天空，一幅幅的片段构成我对那时故乡残缺的印象。

但这些都阻止不了我追寻故土的脚步。2000 年，我终于回到了阔别 26 年的故乡。正如我坚信的那样，这个世界在变，我的家乡也在变。

直辖后短短 3 年，我最直观的感受是：蓝天白云的天数多起来，在外面走一天，鼻腔里再没有污黑的尘垢；街道整洁干净，雨中归来，也不用为清除满鞋的污泥烦恼；公交车、电梯里，再也看不到旁若无人的吞云吐雾……新兴的直辖市人，正悄然地适应着向国际化大都市发展的精神需要。

而时至今日，直辖 20 年到来的时刻，重庆正以每年 10% 左右的经济增长速度在全国领跑，骄人的成绩，让昔日的雾都变成了霸气的桥都，长江上游经济高地已初见雏形，城市影响力和知名度辐射全国，通达四海的渝新欧铁路让重庆和世界直接对话。

短短 20 年的时间，让高耸的解放碑变得矮小，是因为城市的建筑在变大长高；都市的夜晚不再黑暗，是因为满城的鎏光让天空溢彩；化龙桥下再无水患苍生，是因为重庆新天地已使孽龙顺天；朝天门上不再步履维艰，是因为古城的航船正朝天扬帆。20 年的不懈努力与发展，今日重庆：听浮图夜雨新意万千，看洪崖滴翠别有洞天。

我由衷地为家乡的巨变感到骄傲和自豪。

在我单位后面不远处就是电影中一组镜头的取景点——江畔寻花咖啡，午饭后散步经常从它门前经过，起初并不起眼。而电影上映后不久，店主就在醒目处打出了《从你的全世界路过》拍摄取景点的招牌。那天再次经过，发现突然聚焦了很多外地的游客在那里照相。一问，果然都是因为看了电影后专门到重庆来旅游的，并按图索骥寻来这里喝咖啡，还说要把电影里看到的地方全部走到。看得出他们对重庆之行做足了功课，解放碑、十八梯、印制二厂、较场口、黄花园、洪崖洞等地名已经烂熟于心，如数家珍。

一位女孩指着《从你的全世界路过》拍摄取景处的招牌嘟着嘴对我说：“只是这……太煞风景。”

在那招牌下，居然用铁链锁着一辆手推垃圾车。我顿时汗颜，“可能……是环卫工人不小心拴在这里的？”

我说这话的时候，连自己都不相信。于是赶紧拿出手机拍照，给环卫的朋友发了过去。

第二天中午，我又专门赶过去看，垃圾车已经不见了，我长舒一口气。看来，如何维护来之不易的美好环境还需要每个人的共同努力。

今年，我先后来了几拨外地的朋友，都是冲着那部电影而来。所以每次我都会首先带他们到电影的那些拍摄景点去，向他们介绍：黄花园轻轨站是我每天上下班经过的地方；我常常在“猪头”被甩的地方散步，有时也会在那个路边烟摊买包烟；电影夜景中反复出现的北滨路和我的单位隔江相望，所以我天天都在看电影；从楼房中钻出的轻轨在李子坝站；十八梯改造前，我曾专门拍了很多照片，想为古城留下些许记忆；广播台就在我们的棚改地块里，正在打造创意产业园……

最后，我一定会带朋友们到一棵树看夜景。这是他们在电话里反复提到也是最令他们心驰神往的景致。每每看到他们被山城那远近高低、错落有致、繁华大气的夜景陶醉折服的时候，自豪之情油然而生，心里像灌了蜜一样甜。

那天晚上春雨绵绵，夜风微寒，一棵树上没有多少游人。我和新疆那位公安战友打着伞，站在观景台最高处，面对山下满城灯火，不知不觉竟聊了两个多小时，话题全都是电影和重庆，从前、现在和未来。

半个多世纪以前，一部《烈火中永生》使人们记住了那座满目疮痍的英雄城市；20 年前，一部《山城棒棒军》让这座亟待开发的西部城市再次引起人们的关注；而 20 年后，一部《从你的全世界路过》则向世人展示了一座新兴靓丽、生机勃勃的现代化大都市，人们纷至沓来，为的是一睹它的风采。如果再过 20 年，或者几个 20 年，我们家乡一定会发展得更加美丽。那么，又将会是一部什么样的影视作品再度吸引世人的目光呢？

我期盼着，到那个时候，人们，尤其是我的朋友，到重庆不再是短暂的驻足停留，而是真真切切、实实在在地——从你的全世界路过。

峥嵘岁月

武月

山城重庆，被群山环绕的奇妙城市，充满了诸多的传奇。

不同于平原城市的安详静谧，重庆，自古就是刀兵与硝烟争锋的战场，朝天门、储奇门、通远门、望龙门等城门早已褪去了战火的痕迹，如今只留下通远门斑驳的条石和翠绿的苔藓。

古有巴蔓子舍头为诺言，蒙哥败走钓鱼城，这些传奇性的人物都在重庆留下过浓墨重彩的一笔。巴蔓子的重诺信义，钓鱼城军民的机智果敢，这些故事被一笔一画记录在了历史里，流传在每一代人的口耳之间。

时光飞逝，记录历史的笔在中国的近代涂抹下浓重的墨色，仔细回想起来让人感慨万千。

那是一个令人揪心的年代，战火肆虐了整个国家，四亿儿女奋不顾身，抵抗外侮、拯救中华。那是一个精神与主义互相碰撞的年代，人们高呼着各种口号，举着不同的旗帜，带着不同的理想，但是都有一个共同的希望：拯救民族危亡。

峥嵘岁月里，那个年代的年轻人们燃烧着如火一般的爱国热情，恨不得将性命也交付出去。这些燃烧的痕迹镌刻在了这个城市里，如同这个城市炽热的夏日一般，让人难以忘怀。

重庆有股“英豪”之气，若是在平日里是绝对看不出来的。人说，乱世出英雄，可重庆却是“乱世汇英雄”。

曾是战时陪都的重庆，汇聚了多少中国的英雄豪杰，那时的重庆云集了多少风云人物，抗战名将李根固、刘湘，二战中国战区参谋长史迪威，还有周恩来、张澜、梁漱溟等。仍旧保存完好的那些建筑在讲述着过去发生的那些事情，那些不同政见、不同党派、不同思想的交锋和碰撞。

周公馆、国民政府参议会、国民政府接见厅、国民党中央执行委员会、盟军司令部……这些离我们颇有些距离的名词，如今修葺一新，活生生地矗立在那里，幽静的大门如同回到过去的时光入口，连脚步也不由得带上了历史的厚重感。

即使年华逝去，原本郊外的幽静被扩张的闹市所取代，就算门前的道路拓宽了一次又一次，整修过一遍又一遍，有越来越多的新式交通工具川流不息，可是当人踏进那方土地时，真的就不一样了，我们成了彻头彻尾的冒失的拜访者，叩开了历史的大门。

《新华日报》《第三次近卫声明》《双十协定》，这些耳熟能详的报纸与文件，不再是历史书上的黑字，那些过去的历史，终于变成一种具有实感的，仿佛亲手就能触摸一般展现眼前。

而重庆的“英豪”气概，不仅仅只是体现在众多历史名人名将之中。鲜英响应了周恩来的建议，将特园改作中国共产党与其他各民主党派共商国是的地点，宴请众多有为之士，甚至被称为“孟尝君”，颇有些古时豪侠的风范和气概。而特园，也成了中国民主同盟的发祥地，有着“民主之家”的美称。

抗日战争过去，解放战争随即而来。

重庆在那个年代，变得危险而残酷。原本的战友倒戈相向，《双十协定》最终也变成了一张废纸，随着解放战争的炮火打响，重庆成了弥漫着白色恐怖的城市。

渣滓洞，白公馆，共产党人站在了风口浪尖，无数的烈士怀抱着理想献身。时至今日，踏上歌乐山烈士陵园的时候，都有一种让人沉寂的力量。看着一个个年轻的生命就这样消失只剩下姓名可以纪念，不禁让人感叹——那种为理想而献身的无私精神。如果让自己亲身体验这样的残酷命运，是否还能够如同他们那般视死如归呢？

无论是什么年代，这些烈士所期望的是能让更多的人民过上幸福的日子。这般单纯的愿望，如今正在一步一步地踏实实现，自始至终，也没有改变过。

正如名言所说：“有些人活着，他已经死了，而有些人死了，他却永远地活着。”原本的这条艰难之路如今已经开拓成了光明大道，我们已经牺牲

重慶棧道之三

了太多，因此更不能辜负那份期望。

过去的历史随着那些房屋们沉睡在街道之中。尽管我们对那些故事耳熟能详，但是只有当真正身处那些事件的发生地，真正的与经历过那段峥嵘岁月的见证者接触之时，那种历史的厚重才真正地让人深思和叹服。当我们看见了活生生的历史见证时，往往还是会被过去的那些人、那些事所激励和感动，这是沉淀在历史背后亘古不变的精神力量，是人们以史为鉴，照亮前路的明灯。

那年代的渝中住房

龚毅

20世纪70年代，中国没有房地产市场。重庆居民所拥有的住房，基本三种形式：一是工作单位所分配的住房，产权属单位公有；二是租赁房管所的房屋居住，产权属房管所公有；三是极少个人私有房屋，产权属个人私有，可以转售（但没有公开的市场）。

20世纪70年代初期，父母与我三兄妹五人，居住在渝中区九尺坎一间12平方米的单间楼层居室。这儿是当时国有企业重庆医药公司和重庆医药站的职工宿舍楼，共4层，五六十户人家，都住得紧巴巴的。一般两三代人即便多达八九口，也只分得二间房，总面积二十三四平方米。此楼住房唯一奢侈一点的是一对中年夫妻，无子女，二人共居一间12平方米的单间屋，这让全楼的人羡慕不已。那时，我们居住的房里简陋得只有一张双人床、一张写字桌、一间两开门立柜、两只单人沙发而已。晚上，那床供父母睡，小妹在用两只单人沙发拼成的“床”上睡，我与兄弟则夜夜在地板上铺席而眠。与其说这是家，还不如说是客栈。因为我每天早晨出门后，总是晚上十点以后才摸回屋睡觉。

20世纪70年代初期，数量有限的私有房屋还是有少量转卖的。我童年时的保姆住在嘉陵江边某码头一处小楼的二楼。她无工作单位，60多岁，独自一人，拥有两间12平方米左右的房子。先前靠在门前卖老荫茶和手工替人缝补衣裤度日。这时她已无法干活，又想有些钱养老，便将多余一间房子卖了200块钱。一位姓高的朋友家住菜园坝河边，一楼一底的私有房有三四十平方米，也在那时卖了，不到300块钱。

20 世纪 70 年代后期，在父亲不断的努力下，他所在的重庆针纺公司终于调剂出一间一楼的房子。这间房位于下九尺坎一栋小楼里面，约 16 平方米，窗外不足两尺却是另一栋小楼。因此，这间房四季不见阳光。但有，便聊胜于无。于是，我三兄妹欢天喜地地搬进新家。尽管，这屋内仅放入了两张小床和一张书桌、一把椅子。

新华路的朋友刘二家，他哥哥经人介绍，与在下半城一家小百货店做营业员的女朋友交往了半年多，想要结婚了。结婚，房子是刚需。刘二父母没办法弄出多余的房子，只好让刘二和他的妹妹弟弟搬到自己那间 13 平方米大小的屋内，晚上三兄妹就打地铺睡。楼上那间九平方米的房屋，则布置出来做刘二他哥的结婚新房。刘二他妹不服，说，凭啥子他们两口子要啷个大间房子，却让我们来睡地铺！刘二他妈只好劝她：“你不想要大嫂了？是不是想让你大哥打一辈子光棍？！你看看斜对面那家，他老汉不在了，老大要结婚，那间 13 平方米的房就用席子加报纸隔出五六个平方米，门就用一张长布帘挡着，里面就放了一张小床。他妈和两个女儿睡外面，除了一个柜子，家里桌子都没得一个，日子还不是一样过！”如是说后，刘二他妹这才不说空话了。

那时候，绝大多数居民家都往得狭窄。有个朋友姓苏，家住小什字下面的水巷子。他父母是附近一所中学的教师，一个教语文，一个教数学，在该校都是教学骨干。20 世纪 70 年代中期我多次去他家玩耍，发现他一家就两间房。大的 12 平方米左右，小的六七平方米。那时，他两个哥刚工作不久，他下面两个十多岁的弟妹。我一直没搞懂，苏三一家老少七口人，是怎样在这两间小屋里居住的。后来 20 世纪 80 年代后期苏三结婚，在两路口有了两室一厅一厨一卫。几年后他又搬至国际村，有了三室两厅一厨一卫。苏三告诉我：20 世纪 70 年代，他妹妹在父母房间内睡地铺；他四兄弟则是床上安床，一张小床上就睡两个人。想起这些，苏三时常感叹不已。

住宅中厨卫是必不可少的要件之一。如今的私有住宅至少都有一厨一卫，我现在住的已是一厨双卫，几年前独立出去的儿子同样是一厨双卫。可以说，如今没有厨与卫的住宅绝不能叫住宅。这在 20 世纪 70 年代不可想象。那时九尺坎那栋职工宿舍楼，每层楼最里角有间分一男二女一共三蹲位的厕所。这个条件，其实在当时是很优越了。周边许多居住房管所或小单位公房（以及小部分私有房），连个厕所都没有。那些居民们解决无情的“水火”问题，只有两个办法：一个是在家里自备一个解手的痰盂；另一个是去较远的公共厕所。九尺坎地区只有离巷口二十来米处有一间公共厕所。有时一早去排队，厕所外常见一二十人，要等候许久，才能踏上心仪已久的蹲位。更有甚者，先是在队列中跳起脚板着急，实在忍不住时，赶紧冲进去蹲在小便池一角便操作。水火不留情，也顾不得违规和别人的感受了。

我曾遇过一件奇事。那年我刚进入初中，在夏天的一个深夜，我睡得昏沉沉时从地铺上爬起来，走到很远的楼层最末端的公共厕所小解后，迷糊糊地回到地铺上睡了。清晨，身边忽地响起少女的惊叫声，我睁眼一看，原来昨夜小解后，我竟梦游似的走进邻居家中，睡在了邻居那位读高一女生的身边了（她也睡在自家地铺上）。见她坐在竹席上惊叫几声后怔怔地盯住我，吓得我连滚带爬地窜回隔壁的自家屋地铺上。

夏天炎热，此楼家家户户都没有电风扇（更不知空调为何物），因此夜晚都是在锁上宿舍大门后，户户都敞开了自家房间门睡觉。夜间走廊也没有灯光，而一样大小的房间门上，只挂着一小块布帘，难怪我会错入房间。

浴室在20世纪70年代是一种奢侈，不像如今家家户户的卫生间里都有。那年代，重庆居民的洗浴无非也三个渠道：一个是在外面营业的澡堂洗澡；另一个是在工作单位的简易澡堂或厕所内洗澡；再一个是在集体宿舍的公共浴室或住家的空地处围一个简陋墙（有的用旧竹席）内洗澡。而当时我居住的职工宿舍楼，老老小小，有二三百人，仅底层厕所旁有个搭建的一平方米多点的简陋冲凉点，和顶楼违规搭建的一间公共浴室。这简陋冲凉点，遮物约一米高，平日仅有男的老少在那儿洗浴。而顶楼浴室内有三分之一被堆上陈旧杂物，地面则是三合土铺就，仅有一只离地1.2米高的水龙头。夏天可以来此冲凉，但天凉时若想洗个热水澡，还只得自己备个水桶，再提两瓶开水去调和后，拿着杯子一杯一杯地淋着洗。其实附近就有一个公共澡堂，在小什字二中医院路口对面点，现家乐福超市广场处。它离我家也就三四分钟路程。但那时居民们收入极其有限，很少听说有人去泡澡堂。我家在那栋职工宿舍楼也属中等偏上收入，但一家人一次也没去那家澡堂“奢侈”过一回。

然而，就咱这宿舍楼的洗浴条件，在当时重庆主城的上半城和下半城，都还算是过得去的了。在解放碑四周以及上下半城的许多巷子里甚至一些背街上，夏天，天天晚饭后都能看见许多居民站在人行道边，仅穿条内裤，提桶水，拿张毛巾就在露天中洗澡。而女性，大约也只能提一桶水，躲在没有异性出现的地方解决洗澡问题。

渝中区在随后的几十年里，发生了翻天覆地的巨变。高楼大厦林立，居民小区遍布，住房难，已经成为一段渐行渐远的历史。

城墙边上的时光

王有惠

我从小住在金紫门顺城街，直到1999年迁至南岸。在渝中，我度过了一生最难忘的时光。那坚实而古老的石砌城墙，顺城街上的店铺、金紫门通往河坝的拐字形石梯坎以及满街的“梆梆糕”“绞绞糖”“麻辣鸡块”吆喝声……这一切都刻进脑里，成为我挥之不去的城市记忆。

金紫门是迎接官人的码头，朝廷的官员都是在这里下船上岸。顺城街6号就是一个大棺材铺。寓上岸的官员又升官又发财之意，“棺材”就是“官财”，这是风水宝地啊。金紫门的右邻是经营药材的储奇门，而左邻则是运大粪的南纪门，相比之下一个药薰薰，一个臭烘烘，金紫门就显得格外的不同。

顺城街是因靠近城墙而得名，其实就是一边城墙、一边是房子的小巷子，也许古时候是一条热闹的河街。随着城市的不断扩建，房子的前门变成后门，后门靠着城墙，前门则修一条更大的街，就是现在的解放西路。以前叫林森路，1950年解放军入城从这里通过，故改名为解放东路、解放西路。我们市工商联宿舍是一个既有前门、又有后门的一楼一底深宅大院。它有两个门号：解放西路127号，金紫门顺城街10号，房子靠前门的户口上写的是解放西路127。像我们家这样靠城墙的，户口写的是金紫门顺城街10号。我们家很特别，是利用9号、10号大院子的墙而夹在中间修的一楼一底小洋楼。楼上住一家，我们住楼下，开门就是城墙边，从卧室到外面，有一个小天井。小天井的右边有一个侧门可通10号大院，左边是小厨房，卧室外有一条小巷子，通楼上。整个房屋很精致，是许多人都羡慕的房子。

金紫门顺城街宽5米—8米，我们俗称城墙边。20世纪50年代这里搭了不少窝棚，我的儿时伙伴莲英妹一家就住在棚里。后来顺城街把棺材铺和药铺拆了，新建了一个搬运公司和他们的职工宿舍。当搬运工人的莲英爸爸分了一套房子。20 世纪 80 年代窝棚拆除后，城墙边就变得格外宽敞，孩子们都喜欢到城墙边来耍，男孩子在这里拍球、斗鸡、滚铁环，女孩子则跳绳、修房子、踢毽，男女混合藏猫猫，大人们在这里纳鞋、绣花。夏天是最热闹的时候，因为天热，家家都要在城墙边上摆凉板纳凉。孩子们就吵着、嚷着叫大人们讲故事。当居民干部的妈妈是讲故事的高手。

在她们的嘴里常常蹦出一些让我们兴奋不已，遐想万千的故事。譬如重庆城不能打三更，若打重庆城会变成“重庆沉”，渝中区全部沉入河底。大河涨水不能淹过城墙，如果淹过城墙，重庆会变成一片汪洋。每年涨水，我们这些小朋友会格外关注沿着城墙根不断上爬的河水，整天提心吊胆，生怕河水涌进城墙。好在几十年过来，从未出现险情。

大跃进时代，妈妈和许多妇女都响应“妇女能顶半边天”的号召参加工作。父亲随市工商联的干部一起到南岸大兴场参加农业劳动。11 岁的我一下就成了一家之主，带着 6 岁的妹妹独自生活。没有大人管的小孩是很开心的，我很快成了 10 号院子的孩子王。大家叫我“大姐姐”。于是假期中，我办了学校，把家里所有的桌子、凳子全搬到城墙上。我当校长、另两个小伙伴当老师，主要教语文、数学、唱歌和体育。妹妹当班长，我训练妹妹必须用响亮的声音喊“起立、敬礼、坐下”。一年后妹妹入学时，老师问大家：“小朋友，你们谁会喊起立？”妹妹说：“我会。”于是妹妹就当上班长。体育是模仿电影里的打仗。我会在城墙边上的角落处、草垛里藏一些名曰“地雷”的小纸条，找到后可得一颗花生米。有一次寒假，我突发奇想地想学《上甘岭》电影中的打仗。我们在大院公共食堂内找到许多丢掉了的白菜头，把它当作手榴弹，组织院子里的男孩子们排成一排站在城墙边向河坝扔。我刚喊完投掷口令，突然在城墙根处的厕所里冒出一个人来，那人看见如雨的菜头，大喊要找我们大人算账。我立即组织大家撤退到附近的花街子菜市场躲起来，妹妹在家放哨，有情况随时报告。两个小时过去了，那人没有来。我们垂头丧气地回来了，食堂的刘叔叔笑着对我说“这下惹祸了吧，还要不要菜头啊？”我红着脸说：“不要了。”

我们最喜欢的游戏，还是男女共玩的藏猫猫。因为城墙边还有五彩缤纷的天然屏障。10 号院子后门的右边住着赵伯伯，他是开染房的，每天都要在城墙边上用竹竿晾晒许多染成绿、蓝、红的布匹。我们喜欢在各种彩色布中穿梭、跳跃、躲藏。赵伯伯是上海人，特别喜欢孩子，有时我们玩疯了，不小心把竹竿碰倒，布匹落地弄脏，他只是嚷嚷。高兴时，还叫我们把穿旧的白衬衫拿来染成绿色，这样又等于有了一件新衣服穿。

随着年龄的增长，我们耍法也悄悄发生了变化，大家喜欢在城墙边上跳舞、唱歌、摆弄乐器。我也由孩子王成长为解放西路小学聘请的校外辅导员。假期中，我除了在几个学习小组检查小弟弟、小妹妹的学习情况外，更多的时间还是带他们“找地雷”“攻碉堡”，只不过地点不是城墙边而是枇杷山。

古老的城墙曾给我们带来了那么多的欢乐时光。如今，城墙早已不复存在，取而代之的是依城而建的一幢幢高楼，过去的顺城街 10 号则变成了解放西路 99 号 11 层联排高楼……而在城墙边度过的时光，却成了我永远的记忆。

重读渝中

简明月

或许，人们对于越是熟悉的风景，越是容易忽略，越是容易错过。仔细想想，从我毕业参加工作伊始，10 余年间，至少有一大半时间混迹于渝中。但在过往的岁月里，我却从未认真地去审视、了解和感受。

直到前不久，一件小事触动了我。新来的编辑小妹在编辑“微渝中”微信公众号内容时，有如下一段开场白文字：“你知道重庆的母城在哪里吗？对，在咱们大渝中！你知道渝中为什么被称为‘重庆母城’吗……”我改稿时毫不留情地让她删掉了这段文字。

在我看来，渝中作为重庆母城，已是一个不争的事实，并不需要再度向我们的微信粉丝发问。这些年，这方面的宣传已经做得够多够足。所以，她的这段文字就显得苍白多余。

这不能怪她。或许在此之前，她同年轻时的我一样，只是为一份工作而来，并没有认真地关注渝中。就像某位朋友突然给我提起一位当红明星，我却茫然无知，而她满脸的诧异仿佛我来自外星球。倘在过去，有人问起我对渝中的印象，我恐怕也并不比这位编辑小妹知道得多。

一个人，因为眼中有情，心中有爱，他才会去关注、去了解、去探究他未知的物、事、人。曾经的我，居住在南岸，工作在渝中，为生活而忙碌奔波，一直只当自己是渝中的匆匆过客。置身渝中时，我却仿佛走进偌大的商场，虽然陈设琳琅满目，但我只径直取我所需，然后离开，几无眷念。后来，离开主城去往郊县工作的几年里，我真正成了渝中的匆匆过客，甚至 1 年里也难得涉足解放碑。

山城步道

当我又重回渝中，并且为她而工作。我这才用心去认识她，解读她，感受她，与她一起经历了很多：

每年一届的邻居节，在各种嗨翻了的互动活动里，感受渝中人浓得化不开的街坊邻里深情；在走读渝中活动中，随同各地网友一起寻访渝中的知名所在，感受渝中独特的美景、美食、历史、人文魅力；在解放碑新年夜的钟声里，感受数万人一起沸腾的狂欢热情。在多次文化盛事中，看渝中铺陈博大精深的历史画卷，展示高端大气的国际风范；在大大小小的各种新闻发布活动中，了解她的政治、经济、文化与社会建设等方方面面，触摸她与时俱进的发展脉搏……

“上有天堂，下有苏杭，不及重庆华灯初上。”“再邂逅渝中，就像是赴一场早已定下的美丽约定。”越南小伙范明德参加渝中举办的“Say You Say Me——老外牵手渝中网络作文大赛”，在作文《走进一座城，走近一座城》中写下这般诗意的表白。这是他满怀深情写给渝中、写给重庆的一封“情书”。

我又何尝不是在邂逅渝中呢？我与渝中的这一份情，不仅仅是邂逅，更是融入。从中兴路到管家巷，从七星岗到解放碑，从洪崖洞到湖广会馆，从人民大礼堂到三峡博物馆，从鹅岭公园到李子坝……漫步蜿蜒曲折的山城步道看过车来车往、长江奔流；穿行楼宇林立的解放碑感受商贾云集、都市繁华；登上威斯特酒店顶楼平层居高临下鸟瞰渝中半岛，远眺新重庆壮景；走进白象街、十八梯寻找老重庆记忆，憧憬下半城未来新貌；伫立朝天门欣赏两江汇流奇景，见证今昔时代变迁；闲逛大坪龙湖时代天街，看电影喝咖啡品美食，享受一个惬意悠闲的亲子周末……

3000 年江州城，800 年重庆府，100 年解放碑，巴渝文化、抗战文化、红岩精神在此发源——母城渝中，在她的肌理脉络里，深深烙印历史的厚蕴。南纪门、望龙门、储奇门、打铜街、磁器街、棉花街、领事巷、管家巷、大井巷……或许，在你不经意踏入的一瞬间，你就已经置身于一段古老悠长的沧桑记忆，开启了一扇深邃厚重的历史之门，叩问了一位甚至一群名人志士的赤胆忠魂。这里的每一块砖，每一道门，每一段墙，每一条道路，每一个街巷，都印证着母城当年政治、经济、文化的繁荣景象，让我们在今世仍能遥想她那时的绰约多姿、风情万种。

尽管寸土寸金，但母仪风范的渝中一直在悄然地涅槃蝶变，越来越散发出她雍容华贵、风华绝代的魅力韵致。犹记得20世纪80年代初，我第一次从母亲当年的照片里知道了朝天门，看到了繁忙的码头与船只；也记得20世纪90年代末，当我第一次走进解放碑，那时的楼宇不够高不够现代，那时的新华书店还不够气派，那时的402路电车成了我永久的记忆。21世纪初，两路口的洞子火锅，观音岩的串串香，七星岗的铜锣湾，解放碑的外婆桥，较场口的好乐迪等，都见证了我和同事、朋友们的美好情谊。而今，解放碑还是熟悉的那座碑，十字金街还是那几条闻名的街，只是周边的楼宇更加高耸入云，更加现代华丽，商场的品牌更加高端知名，硕大的双屏LED传递着这个城市的气场引力。重庆书城、国泰艺术中心、重庆美术馆散发出她浓郁的文化气息；洪崖洞映照江水的夜景让无数人沉醉于现实版《千与千寻》片中汤屋的梦幻迷离。当然，你更可以从周围来来往往的不同国籍的面孔中，看到她开放包容的胸怀气魄……

渝中的美让人高山仰止，却并非不可亲近。你可以拐进随便哪一条小街深巷，吃上一碗麻辣劲道的重庆小面，或许正撞上一家知名老字号；也可以在较场口夜市小摊点上一份地道小吃，品尝来自各地的风味美食。或者，走进日月光广场，吃的、喝的、穿的、玩的，应有尽有，够亲民够接地气；或者，换个方向去往下半城，触摸老重庆的记忆，满足老重庆的情结；或者，去往化龙桥重庆天地，这里有似乎永远嗨不玩的耍法，浪漫的Party在露天草坪上进行，各种肤色的人们在此集聚，带给你一次又一次惊喜……

在这一片被历史文化底蕴和现代文明滋养的母城沃土，有的是古老悠久，有的是青春活力，有的是高端大气，有的是素朴雅致，她是有情有义千面美人，难怪乎外籍友人赞誉她“一顾倾人城，再顾倾人国”。

读懂一座城，爱上一座城。重回渝中，重读渝中，今日今时，虽不能对她如数家珍，但我已不再是她的匆匆过客，而是她美丽半岛上的小小一分子。

我不能以己绵薄之力，为她添砖加瓦，唯愿裁笺任性，纵笔随心，在更多的亲近与认知里，为她书写一段心语，不负她倾世之美。

进城

徐继坚

“进城”是过去的一种说法。这个“城”，当然是渝中母城。

而“进城”这话，真乃久违又久远了，远至 50 年前我的少年时代。

从菜园坝、朝天门抑或从上清寺、两路口，都可直抵解放碑下，无论从何方，无论你赶车坐船，抑或我这样爬火车头来，一经脚落这闹市，顿然就有了“进来”的感觉，别样与新鲜。虽无城门，虽不系乡下人，心里还生几分的怯：解放碑的崽儿拽得很。

进城不常有，逢年过节来之。所以进城一次，兴奋许久。多由菜园坝徒步，爬坡途中，总要肃穆地凝视“张国富烈士纪念碑”，少年的英雄情结又重了几分。两路口的宽银幕电影院，是一道矗立而靓丽的风景，总感觉高不可及，与我们的俱乐部、露天电影相比，到底宽敞多少？一路上行，文化宫与少年宫，依稀记得读铁小时，被学校选送少年宫的合唱团，唱“我们是共产主义的接班人……”，唱“让我们荡起双桨……”。观音岩的观音，为何难觅身影？通远门对面的若瑟堂，每每望见那尖顶，总会想起“一只绣花鞋”的传说。重庆宾馆，只能伫立“新华日报”的街沿相望，不敢靠近，长辈有叮嘱，这不是一般的旅馆，一般人进不去的。终于抵达解放碑下，心会狂跳，犹如登上珠穆朗玛峰……

伫立解放碑下，聆听钟声的敲响，犹如天籁。

这解放碑实在好耍，仅剧场就甲乙丙丁——重庆、胜利、实验、解放军，还有不只唯一的“唯一”电影院数家……仅此看电影的耍事，就将郊区的我们盖了。

解放碑，是好吃的，更是文艺的。

喔，一个懵懂少年，难得进城来，相伴的多是想象与羡慕。

物资匮乏的年代，城里的供给稳定，郊区则差些。每逢买不着菜油时，我就要爬火车进城，尽长子之责。一个酷暑里，在捍卫路买了菜油往回走，饥渴难耐。记得找补了五分钱，却搜遍口袋无影。走着走着，忽感鞋里有异物，脱下一瞧，恰是那枚五分硬币！原来荷包有洞，硬币顺势而下落入鞋里。这五分钱，当年是可以解饥渴的，所以记忆至今。

说及进城的事，想起 1951 年，我的父母站在解放军驾驶的大卡车上，高举“支援大西南”的旌旗，唱着“年轻人，火热的心……”数百人辗转多日，翻越乌蒙的“七十二道拐”，抵达长江之南的海棠溪。在隔江的城外，领队的父亲站立石阶上，高声喊道：“明天，我们就进城。”这句话，顿然洗去父辈们的一路风尘，又一群北方佬与下江人，次第融入这山水之城。

光阴荏苒。渝中母城展开其双臂，迎来四方八面的异乡人，像黄葛树一样，扎根于母城的街巷。

一座城有一条江护佑，可知足矣。被两江环抱的渝中母城，当大幸大兴。可见巴人当年筑城这山水之间，乃远见卓识也。

因为，山的挺立与水的包容，构筑了母城的精神与胸襟。此乃母城永远屹立心深处之故。

后记

巴人有慧眼，逆水行舟，筑成3000年之渝州母城。

两江环抱的渝中半岛，半城依山，半城临水，上下之间，便有古筑的九开八闭之城门。

城内与城外，无论是出生在这里，还是迁居至此；无论因生活工作之不得已而离开，还是一如既往地在此固守，时间一长，便有铭记，就滋生情怀，拔节出眷恋。

这部书的作者，无论年长年轻，无论知名与否，大抵如此。于是，这些渝中人士，拧开记忆的阀门，流淌出他们与母城一起历经的岁月，在四季轮回与朝夕之间，聆听着这座城市的心跳。

全书收入的散文，皆为近年来本土作者新作，因视野之限，难免疏漏佳作，尚望谅解。

阅读这些文字，消逝的得以重现，未知的可以了然。犹如从解放碑出发，走街入巷，沿两江堤岸纵贯南北，穿越渝中半岛，由此触摸母城之脉络，鉴赏景观里的历史人文，感同母城之精魂。

两江聚合，独拥风情。历史弥久，故事绵长。母城之于怀抱里成长的我们，当是爱的摇篮，当是梦之故地。自然而然，便有这些情切往事的叙述，有了这本书的辑成与付梓。

编者

2019年10月

图书在版编目（CIP）数据

母城之光 / 钟志芳主编. -- 南京 : 江苏凤凰文艺出版社, 2020.8（2023.5重印）
ISBN 978-7-5594-4843-9

Ⅰ. ①母… Ⅱ. ①钟… Ⅲ. ①散文集－中国－当代
Ⅳ. ①I267

中国版本图书馆CIP数据核字（2020）第077699号

母城之光

钟志芳 主编

责任编辑 白 涵

装帧设计 魏一凡

责任印制 刘 巍

出版发行 江苏凤凰文艺出版社

南京市中央路165号，邮编：210009

网 址 http://www.jswenyi.com

印 刷 三河市同力彩印有限公司

开 本 787mm×1092mm 1/16

印 张 12

字 数 150千字

版 次 2020年9月第1版

印 次 2023年5月第2次印刷

书 号 ISBN 978-7-5594-4843-9

定 价 49.80元